LAS CRÓNICAS DEL ÁNGEL
LA NOCHE ROJA

MARISOL SALES GIMÉNEZ

# LA NOCHE ROJA

## LAS CRÓNICAS DEL ÁNGEL

MUNYX
EDITORIAL

Primera edición: septiembre, 2025
*Las crónicas del ángel. La noche roja*

www.munyxeditorial.com


Impreso en España

ISBN: 978-84-129553-3-0
Depósito Legal: V-2835-2025

Para los lectores y lectoras que llevan conmigo desde el inicio de esta aventura. *Las crónicas del ángel* es tan vuestra como mía. Gracias por haber hecho de este largo camino algo increíble, algo con lo que ni siquiera había podido soñar.

# PRÓLOGO

Todavía me preguntaba cómo me había dejado convencer para hacer una excursión al lago. Justamente nosotros, que no teníamos ninguna forma física para afrontarla.

Javi, que iba en cabeza siguiendo las indicaciones que Natalia había marcado al inicio, se paró justo cuando vio el agua.

—¡Llegamos! —exclamó ilusionado.

Me detuve un segundo para esperar a Natalia, que se había quedado muy rezagada en la subida de la montaña. La vi jadear muy roja y con la coleta prácticamente deshecha mientras apoyaba las manos en las rodillas.

—¿Estás bien? —me preocupé.

Ella alzó el dedo pidiéndome un segundo antes de tragar saliva y dar dos zancadas hasta ponerse a mi lado. Incluso con ese desnivel seguía siendo un par de centímetros más alta que yo.

—Estoy bien —consiguió balbucear—. ¿Y tú?

—Bien, aunque me duelen las piernas de tanto andar —reconocí.

Si a Natalia le fallaba la resistencia física, lo que a mí me fallaba era la ausencia total de músculos en cualquier parte del cuerpo.

—¿Venís? —Retrocedió Javi.

—Vamos, vamos —respondí rápidamente—. Un último empujón, Natalia —intenté animarla, aunque su expresión era lo más diferente a la felicidad que jamás había visto.

Cuando llegamos a la altura de Javier y soltamos las mochilas en el suelo, supe que había valido la pena.

Decidimos ir hasta allí porque un artículo, del que no recordaba su procedencia, decía que habría una luna roja enorme, de esas tan impresionantes que solo ocurrían cada ochenta años.

Nos llevamos agua, bocadillos, cartas y bañadores para que la espera se hiciera más llevadera. Justo sentados a la orilla del lago, unas cuantas horas después, fue donde nos pilló la luna.

Entre los árboles, a lo lejos, vimos ascender la gran bola roja en la que se había convertido la luna. En pocos minutos se convirtió en una tan grande que parecía que se precipitaba contra la Tierra y, más concretamente, contra nosotros. Un fenómeno tan increíble y aterrador que nos dejó completamente hipnotizados. El agua se tiñó de rojo y hasta nuestra piel cambió de color en ese silencio sepulcral en el que nos sumergimos mis amigos y yo.

De pronto noté un dolor de cabeza atronador como nunca antes lo había sentido. Justo entonces tanto Natalia como Javier empezaron a toser cogiéndose de la garganta sin casi poder respirar. Los miré a ellos y volví a contemplar a la luna. Se escuchó al viento mover las ramas y vi en el rostro de Javi el pánico personificado.

—¿Nos podemos ir, por favor? —suplicó con voz temblorosa.

—Sí, voy a llamar a mi madre a ver si puede venir a por nosotros aquí. —Natalia se puso en pie de un salto seguida de Javi, que no dejaba de toser.

Sin embargo, yo me quedé ahí atrapado, en un limbo entre la luz roja, la luna y el dolor.

—Ángel, ¿vienes?

# 1
# COSAS EXTRAÑAS

Cuando acabé de cenar, después de la excursión con mis amigos, me fui a la cama. En menos de cinco minutos estaba dormido. De repente un extraño ruido me despertó. Abrí los ojos y todo había cambiado. No sé qué pasó, pero a partir de ese momento nada volvería a ser igual.

Me sentía raro. El ruido provenía del despertador que marcaba las siete y veinte de la mañana. Tenía que levantarme.

Lo primero que hice fue ir al baño a cepillarme los dientes y lavarme la cara. Mi reflejo en el espejo era diferente. Parecía como si tuviera más músculos, que estuviera más fuerte y más alto. Aunque mis grandes ojos azules y mi pelo negro azabache seguían intactos, con mis facciones duras. Pensé que sería porque acababa de despertarme y aún estaría un poco dormido. Sí, debía de ser eso.

Me vestí, notando la ropa más ajustada, y bajé las escaleras corriendo. Natalia estaría a punto de llegar para irnos juntos al instituto. Casi no llegué a ver a mi hermana pequeña de ocho años.

Jessica era bajita, delgada, rubia y con los ojos muy azules. Tenía un carácter un tanto extraño. Con sus miradas de soslayo siempre parecía estar burlándose de mí sin ninguna razón. Era muy silenciosa y sigilosa, incluso a veces llegaba a asustarme.

Cuando alcancé la puerta, Natalia ya estaba allí. Ella al igual que Javier eran mis dos mejores amigos. Nos conocíamos desde siempre.

Natalia era alta, morena y con los ojos verdes, aunque en ese momento eran de un verde que parecía tóxico. Era la persona más inteligente, responsable y directa que conocía. Me miró de vuelta con los ojos abiertos de par en par. Recobró la compostura y me preguntó:

—¿Nos ponemos en marcha?

—Claro. Hoy no has llegado tarde —le dije empezando a andar a su lado.

—No, es como un milagro, ¿verdad? —Tragó saliva con una sonrisa tensa.

Fuimos hacia el instituto. Tendríamos unos veinte minutos de trayecto, pero llegamos en cinco. Me llamó la atención que al cruzar las puertas del centro todo el mundo nos miraba cuchicheando.

Natalia avanzaba muy muy rápido. Y ella no era que digamos destacable corriendo. Pero en ese momento me costaba seguirle el ritmo. Incluso sentí un pinchazo en el costado del flato que me había dado al intentar seguir su paso.

Cuando entramos en el edificio enseguida vimos a Javier que se dirigía hacia nosotros.

Él era un chico alto, rubio, con los ojos verdes y no tenía notas altas en ninguna asignatura debido a su falta de interés en los estudios. También era sincero, se distraía con facilidad y era la bondad personificada. Me quedé mirándolo. Le veía extraño y muy nervioso. Le temblaban las manos.

—¿Qué te pasa? —le preguntó mi amiga sin realmente darle mucha importancia.

—¡Callaos! —gritó Javier, pero no se dirigía ni a Natalia ni a mí.

Cuando se dio cuenta de que había chillado se puso aún más nervioso. No paraba de retorcerse los dedos y mirar a diestro y siniestro sudando.

—¿Qué pasa? —me acerqué un par de pasos preocupado.

—Pues… No lo sé muy bien. Esta mañana cuando me he despertado no me sentía igual que siempre. Yo… Podía oír miles de voces. La de mi padre, mi madre e incluso oía a la perra. Pero —se acercó un poco más a mí susurrando— ellos no hablaban. ¿Me entiendes? Ahora, aquí, oigo las voces de todos. Así no puedo vivir, me voy a volver loco.

Al despertarme y observar mi reflejo en el espejo me había visto más grande y la ropa me quedaba muy ajustada al cuerpo, cuando yo siempre había preferido vestir con la ropa muy ancha. No me había parado a pensar mucho en ello, ya que había dado por hecho que sería coincidencia, que la lavadora habría encogido mi ropa. Hasta los calcetines. Pero lo que decía Javi me hacía preguntarme si era real. Necesitaba volver a mirarme en un espejo. ¿Sería verdad o nos habríamos vuelto locos?

—No creo —me contestó Javier.

«¿Lo había dicho en voz alta?», pensé.

—Tampoco. —Se encogió de hombros.

—¿Qué? —Se acercó Natalia que ya estaba interesada en la conversación—. A mí esta mañana me ha pasado lo mismo. No oía voces, pero iba mucho más rápida. Normalmente tardo una hora en arreglarme, pero hoy lo he hecho en menos de diez minutos. Me encuentro muy extraña desde ayer por la tarde cuando fuimos de excursión al lago. ¿Nos pasaría algo allí?

—Yo esta mañana casi rompo la puerta de mi habitación al abrirla —comenté sin darle aparentemente importancia mientras me retorcía los dedos de las manos con un nerviosismo repentino—. Y mi hermana me ha mirado sin esa sonrisilla por primera vez.

Antes de que alguien pudiera decir nada sonó la campana que indicaba el comienzo de las clases y de un largo día.

# 2
# SOBRENATURAL

Pasé un día bastante raro después de comprobar que Natalia y Javier también notaban cosas anormales. Estuve pensando en el comentario de Natalia sobre el lago. No presté atención a ninguna de mis clases. Tampoco miraba por donde iba y en más de una ocasión tropecé con otros alumnos. Hasta última hora no volví a ver a mis amigos.

Javier estaba castigado recogiendo papeles del suelo y Natalia estaba con Nerea, una amiga suya que no me caía nada bien. Fue un patio muy largo.

Fui a buscar a Natalia y esperamos a Javier, que estuvo en el despacho del jefe de estudios sin decir palabra hasta las tres de la tarde. Natalia llamó a su madre para decirle que llegaría más tarde a casa. Mis padres estaban trabajando y mi hermana en casa de mi abuela, por lo que no tenía por qué avisar a nadie. Al final Javier salió, con la cabeza gacha, mirando al suelo.

—¿Qué has hecho esta vez? —resopló Natalia con un tono cansado.

—No he hecho los deberes de Sociales y me han castigado a recoger papeles en la hora del patio. Luego he estado más de media hora esperando para entrar al despacho del director. Total, tanto rato esperando para que luego me digan «Que no se vuelva a repetir» —respondió Javier enfadado.

—Bueno, ¿cómo habéis pasado el día? ¿Algo anormal? —pregunté como si nada.

—Por el pasillo no me he dado cuenta de lo deprisa que iba y he tirado a la profesora de Castellano. Encima llevaba un tocho de folios y se han desperdigado todos por el suelo. —Suspiró Natalia entrecortadamente.

—Yo cuando llegue a casa me tomaré una aspirina. Me duele un montón la cabeza —respondió Javier masajeándose las sienes.

—Yo he podido controlar mi fuerza, pero ha habido gente que se ha quedado mirándome. No sé si con respeto, miedo, confusión o las tres cosas juntas. —Intenté sonreír pensativo.

—Y ¿qué vamos a hacer? No podemos quedarnos así —arrugó el entrecejo Natalia preocupada.

—A mí me gusta ser fuerte. —Levanté los hombros como si nada.

—Y a mí en ocasiones también me gusta oír lo que piensa la gente. Y tú, Natalia, yo creo que a ti también te gusta ser tan rápida, porque antes tenías fama de ser casi la más lenta del instituto —le empezó a señalar Javi con tono graciosillo.

—¡¿Qué?! ¡No te he dado permiso para que hurgues en mi mente! ¡Mis pensamientos son solo míos y de nadie más! —gritó ella verdaderamente ofendida.

—Es algo involuntario, a mí tampoco me interesa si esa chica opina que mi pelo es «del todo inapropiado» o que el profesor de Matemáticas piense que soy «un cero a la izquierda» o el mareo que lleva la secretaria con su separación o…

Le corté porque no quería saber la vida privada de ningún otro profesor:

—Supongo que tendremos que aprender a vivir con esto.

Natalia se puso roja de la indignación:

—¡No! Está bien eso de ser rápida, sí..., pero no quiero ser un bicho raro que no puede estarse quieto. Esto no es normal. Podríamos estar enfermos o... No sé. Nunca he escuchado a nadie hablar de algo así.

En ese momento llamaron a su móvil, escuchó unos segundos y luego colgó.

—Dice mi madre que esté en cinco minutos en casa. No creo que eso sea un inconveniente. —Sonrió con pesadez—. Ya hablaremos de esto más tarde. —A los dos segundos ya no se la veía por ninguna parte.

—Yo también me voy a casa. —Resopló Javi cansado agarrando las asas de su mochila.

—Vale, ya hablamos luego —me despedí.

Fui a casa de mi abuela, donde me estarían esperando ella y mi hermana. No comprendía lo que me pasaba. Yo no era lo que se dice un chico con fuerza. De hecho, algún compañero en el gimnasio del instituto había utilizado la palabra *enclenque* para referirse a mí. Enclenque, nada más y nada menos.

Vi una señal de *stop*. Quería ponerme a prueba. Miré a derecha e izquierda. No vi a nadie. Respiré hondo sonriéndome a mí mismo. «Estás alucinando», pensé. Puse la mano sobre la señal y, apenas empujé hacia atrás, la doblé completamente. Me quedé perplejo. ¿Qué estaba pasando? Empecé a hiperventilar. Me fui corriendo a casa de mi abuela girándome para ver la señal doblada cada tres pasos.

Me gustaba mucho la casa de mi abuela. Siempre la comparaba con una de cuento. Se encontraba entre dos bloques de edificios, rodeada por un jardín lleno de setos y de flores. En la parte delantera había una pequeña valla blanca que se cerraba con un pestillo y un camino de tierra con grandes piedras a los lados. Después, tres escalones y el porche. La parte de atrás era mucho más grande, había una mesa de cristal con cuatro sillas y una sombrilla blanca. En el centro del jardín descansaba un gran árbol que, según decía mi abuela, tenía mucho más de ochenta años. Ella lo llamaba «el árbol de la vida». Toda la fachada tenía piedras marrones rectangulares, un balcón hecho de hierro forjado negro y una hiedra que cubría prácticamente toda la casa.

Crucé la valla y di dos golpes al pomo de la puerta de madera rústica. Mi abuela abrió enseguida.

Ya tenía setenta y dos años, pero aparentaba diez menos. Tenía todo el pelo blanco, detrás lo llevaba corto, pero delante, el flequillo era largo y le caía por la parte derecha. Llevaba puesta una chaqueta blanca, una camiseta blanca y unos pantalones amplios también blancos. También el pañuelo que llevaba de complemento alrededor del cuello era blanco.

Tenía los ojos muy muy azules y la piel clara. Era muy jovial. Vivía sola, enviudó hacía muchos años de mi abuelo, quien no llegué a conocer, pero no estaba sola porque pasaba las mañanas, medios días y tardes con su amigo William. Era un hombre inglés que se había mudado al barrio de al lado hacía más de veinte años. A él sí le pesaban más los años. Estaba calvo, menos a los lados que tenía un poco de pelo canoso, una perilla y un bigote también canoso. Mi hermana y yo no lo considerábamos nuestro abuelo, pero lo queríamos como tal.

Mi abuela me dio dos besos al llegar y dejé la mochila en la entrada. En el salón estaban sentados mi hermana y William, el cual la rodeaba con el brazo, viendo la televisión.

—Tienes los macarrones en la mesa de la cocina —murmuró mi abuela sin dejar de mirarme una y otra vez.

Fui a la cocina tras ella, nos sentamos y empecé a comer.

—¿Por qué has venido tan tarde? ¿Te han castigado? —preguntó sin dejar de examinarme.

—No, a quien han castigado es a Javi. Natalia y yo nos hemos quedado fuera esperándolo —respondí con la boca medio llena.

—¿Cómo te ha ido hoy el día? —preguntó como siempre.

—Mmm... bien. —No la miré a la cara.

—No ha sonado muy convincente. —Ladeó la cabeza insistiendo.

Mi abuela era la persona en la que más confiaba del mundo. Nunca me cuestionaba y siempre me apoyaba. Incluso cuando iba a tercero y me metí en un buen lío, fue ella en vez de mi madre la que me ayudó porque siempre tenía el mejor consejo, las mejores palabras para cada momento.

Para mí era la mejor. Los domingos por la tarde, cuando mis padres trabajan, comíamos galletas y veíamos películas en blanco y negro, incluso mudas, las cuales ella y William se conocían de memoria.

No sabía qué hacer. Esa vez era diferente. ¿Se creería lo que me había pasado? Sin darme cuenta, ya había empezado a contárselo:

—Esta mañana me he despertado y estaba enorme y con una fuerza anormal y no solo eso, Natalia ahora es supersónica y Javier es capaz de oír lo que piensan los demás.

—¡Ya era hora! —Se echó para atrás alzando los brazos eufórica—. Pero... ¿dices que Natalia y Javier también tienen poderes? —preguntó mi abuela agarrándome de la mano muy interesada.

—¿Qué? ¿Cómo que ya era hora? ¿Qué sabes? Abuela, ¿qué nos pasa? —tartamudeé cada vez más alucinado.

—He esperado mucho este momento, Ángel, y por fin ha llegado. —Se llevó las manos a la boca muy emocionada—. En nuestra familia siempre han existido poderes. Siempre hemos sido especiales. Los poderes se heredan, aparecen cada dos generaciones. Los poderes me han saltado a mí y a tu madre, y tú y tu hermana los tenéis, y así y así sucesivamente. Mi madre volaba, me enteré porque la pillé haciendo de las suyas. Tu madre no sabe absolutamente nada de todo esto. Tu hermana, William y yo hemos guardado esto siempre en secreto y así debe seguir.

—¿Por qué Jessica, si es más pequeña que yo, lo ha sabido antes?

—Ángel, hubo circunstancias que la forzaron a ello —carraspeó y volvió a mirarme con los ojos vidriosos—. Ella tiene el poder de la invisibilidad y como también es muy silenciosa, nunca sabes dónde está. Volviendo a lo de antes, ¿has dicho que tus amigos también han desarrollado poderes? —preguntó mi abuela.

—Sí, hoy los hemos descubierto todos —susurré.

Esa conversación no podía ser real. ¿Poderes que se heredan? ¿Jessica siendo invisible? ¿Qué? Tenía el corazón estaba tan acelerado que en cualquier momento iba a hacer las maletas y abandonar mi pecho para siempre. De repente los pensamientos se me amontonaron en la cabeza y sentí que ahí dentro solo podía tener gelatina. No entendía nada.

Bebí agua mareado. Tenía la boca seca y la garganta rasposa. Empecé a toser mientras bebía. ¿Me estaría tomando el pelo? De ser así, sería una broma muy impropia de mi abuela y de muy mal gusto viendo cómo estaba.

—¿Hicisteis ayer algo especial? —indagó ella intentando reclamar de nuevo mi atención.

Me apreté el puente de la nariz mientras cerraba los ojos con fuerza. Al abrirlos estaba todavía más mareado y veía destellos blancos por doquier.

—Ayer nos fuimos de excursión al lago —carraspeé—. La luna estaba rara, era luna llena, pero estaba grande y roja. Javier se asustó y nos fuimos —conseguí balbucear nervioso.

—Ya está... ¡Madre mía! ¡Qué caprichoso es el destino! Los poderes se obtienen a partir de lunas rojas o, como nosotros las llamamos, noches rojas. Mi madre me explicó que hace muchísimas décadas un antepasado nuestro obtuvo así sus poderes. Y ahora Natalia y Javier se han unido a nosotros; son los primeros en su linaje con poderes. —Se llevó las manos al pecho—. Me emociono y todo.

—Y ¿para qué sirve que tengamos estos poderes? ¿Para ser guais? —pregunté sin terminar de entender nada de lo que estaba diciendo.

—Siempre ha habido fuerzas del mal y fuerzas del bien. Podemos decir, bueno..., podéis decir que vosotros sois la fuerza del bien. Lucháis contra ellos, las del mal que interfieren en el mundo humano —respondió ella de una manera un tanto críptica.

—Y ¿quiénes son ellos? —insistí.

Mi abuela cogió aire sopesando si era buena idea hablar de ello tan pronto.

—Pueden ser muchos seres. Los demonios son los cargos más altos. Su jefe es el diablo y se llama Satanás. Luego está su hija, Patry, quien también tiene un cargo alto. Y también están los vampiros, los hombres lobo, los zombis y demás criaturas.

—¿Satanás? Pensaba que el diablo se llamaba Lucifer.

Cada vez que mi abuela abría la boca para seguir contándome fábulas, el cacao mental que tenía iba en aumento. ¿El demonio era una criatura real? Y, si creía realmente en ello, la pregunta estaba clara: ¿qué era yo?

—Sí, y también Asrael. Es conocido por varios nombres. Cada cultura tiene uno diferente para llamarlo.

—¿Y Patry?

—Ella siempre trabaja en la sombra, pero es la que dirige las tropas y la que mejor lucha. Su padre confía mucho en ella. Es rápida, sumamente inteligente, embaucadora y, sobre todo, muy malvada.

—Y… ¿vampiros y hombres lobo? ¿También? —pregunté con el ceño fruncido sin creer del todo lo que estaba diciéndome.

—¡Ah! Ellos… bueno, son menos listos, aunque no hay que menospreciarlos. Satanás los domina.

—Abuela. —Tragué saliva.

—Dime, Ángel. —Me apretó la mano con fuerza.

—Entonces, ¿yo qué soy?

—Tú eres un medio-ángel. —Me sonrió con orgullo—. Uno con un largo linaje. Los medio-ángeles se distinguen de los ángeles porque tienen sangre humana también, aparte de angelical, y nacen como humanos y se convierten en medio-ángeles con el paso del tiempo. —Vio mi expresión perpleja y continuó—: Es mucha información de golpe, pero verás como sobre la marcha lo entiendes todo a la perfección.

Nos quedamos observándonos profundamente. Mi abuela analizaba con detenimiento mi expresión mientras yo me daba cuenta de que todo lo que me estaba contando era real. Tenía que serlo. ¿Por qué me mentiría? Ya solo el esfuerzo por creer cada palabra que me había dicho me hizo sentir un sudor frío empapándome la espalda. Existían los demonios, los vampiros, los hombres lobo, los zombis y las personas con poderes o medio-ángeles o como fuera que los tuviera que llamar. Y yo era una de ellas.

Recapitulé lo hablado hasta el momento.

—Y ¿dices que William sabe todo esto? —quise saber mirando de reojo al salón.

—Por supuesto que lo sabe. Él es mago.

—¿Qué? ¿Cómo que mago? —pregunté atónito con voz estridente.

—Sí, aunque uno extraño. Él sabe hacer invocaciones de otras dimensiones, utilizar instrumentos mágicos y algunas otras cosas.

Sentía la mandíbula rozando el suelo. ¿Tenía sentido entonces preguntar cómo era un mago normal? ¿La palabra *normal* significaba algo en realidad? ¿En esta casa algo lo era? Solo me faltaba que me dijera que la tostadora cobraba vida cuando nadie la miraba.

—Tengo que llamar a Natalia y a Javier para que vengan ahora mismo. Ellos también deben saber *esto* —dije levantándome para coger el teléfono con las manos temblorosas.

—Sí, cuanto antes empecéis a entrenar, mejor preparados estaréis.

—¿Entrenarnos? ¿Para qué? —Me giré quitándome el sudor de la frente con el dorso de la mano.

—Sí, ¿qué te crees? ¿Que uno aprende a matar demonios así como así?

¿Cuándo habíamos empezado a hablar de matar a gente? No, *gente*, no. Demonios.

—Eh… Bueno… Si tú lo dices —atiné a balbucear mientras marcaba el número de la casa de Natalia.

Sonó solamente una vez y enseguida oí su voz al otro lado:

—¿Diga?

—Natalia, soy Ángel.

—Madre mía, Ángel, menos mal. No sabes lo que me ha pasado. He visto a un hombre que perseguía a mi madre por toda la casa vestido de blanco. Pero lo más impresionante es que mi madre no lo veía. Incluso pasaba a través de él. Ese hombre me sonreía continuamente, como si supiera algo que yo no sé. Ángel, estoy muy asustada. ¿Qué está pasando? —su voz sonaba temblorosa.

—Tienes que venir a casa de mi abuela, ahora. Pasa a buscar a Javier. Nos vemos aquí. —Y colgué el teléfono.

Salimos todos, mi abuela, William, Jessica y yo al jardín de atrás a esperarlos. Llegaron en tan solo un cuarto de hora.

—Ángel, ¿podemos hablar en privado? —Se acercó Javier.

—Ellos saben lo que nos está pasando— le contesté.

—¿Cómo más que nosotros? ¿A vosotros también os ocurre? —preguntó Natalia sin casi poder moverse debido a los nervios.

—Bueno, no exactamente lo mismo que a vosotros. Yo soy mago. Elisa no tiene ningún poder, pero su madre sí tenía, por eso sabe tanto del tema. Tendremos que entrenar para que sepáis luchar contra los demonios —respondió William con su acento inglés y toda la tranquilidad del mundo.

Mi abuela se dio cuenta de que no se enteraban de nada y les explicó lo mismo que a mí. Natalia me miraba, y de nuevo a mi abuela, y de nuevo a mí. Al principio del relato le asomó una sonrisa burlona en los labios, pero al mencionar la luna roja esa expresión se desvaneció y la ansiedad se adueñó de su pecho.

La ansiedad tardó más en alcanzar a Javi que parecía que le costaba seguir el ritmo de la conversación. Me di cuenta de que él no solo estaba escuchando las palabras que Elisa decía en voz alta, también los pensamientos de todos.

—¿Así que el hombre que he visto antes era como un ángel de la guarda? ¿El ángel de mi madre? —preguntó Natalia casi sin voz.

—Sí, tus ojos tienen un brillo que habrá desarrollado en ti otra anomalía. La de los seres de otra dimensión —indicó William como si fuera lo más normal.

—En realidad podríamos estar hablando hasta la saciedad, pero no entenderéis verdaderamente lo que ocurre hasta que os enfrentéis a ello realmente. Es demasiada información en muy poco tiempo, pero es imperante que lo asumáis lo antes posible. Os demostraremos cómo lucha Jessica —dijo mi abuela gesticulando con fuerza.

—¿Qué? ¿Cómo que Jessica? ¿También tiene poderes? —preguntó Javi atónito.

—Sí. Yo siempre he tenido poderes. Vosotros sois los nuevos. Mi poder es el de la invisibilidad y una fuerza con la que os puedo impulsar hacia atrás sin usar mi cuerpo para ello —dijo mi hermana interviniendo por primera vez—. ¿Quieres que te lo enseñe?

—Vale, seguro que no es para tanto. —Se rio Javi.

—Eso ya lo veremos. —Sonrió ella con suficiencia.

Se alejaron de la mesa y de nosotros. Se pusieron uno enfrente del otro. Javi adoptó una posición de ataque, pero Jessy se quedó recta. Natalia y yo nos miramos tragando saliva.

—3, 2, 1… —contó William.

Jessica se quedó parada y Javi fue corriendo hacia ella. Cuando estaba a punto de saltarle encima, Jessica gritó:

—¡Atrás!

Y Javi salió despedido en dirección contraria de la que quería ir. Voló hacia atrás y aterrizó sobre su espalda. Contuvimos el aliento viendo lo que acaba de ocurrir.

—Es real —murmuró Natalia.

—¿Decías algo? —Se acercó mi hermana a Javi con sorna.

—Esa no valía, no estaba preparado. Otra vez. —Se incorporó mi amigo.

—No, no, otra vez no. Sino al final acabarás en una UCI. —Alzó las manos William sonriendo—. Además, tenéis que pelear contra demonios, no entre vosotros.

—Al igual que Jessy, Natalia ya ha descubierto cuáles son sus dos poderes: es supersónica y ve los seres de otras dimensiones. Puede ser que vosotros tardéis más en manifestar vuestro segundo poder —apuntó William.

—¿Cómo los descubriremos? —pregunté acercándome a William.

—Haciendo pruebas sería peligroso, lo más seguro es que los evidenciéis cuando llegue el momento —aclaró William.

—Pero ¿estás insinuando que los descubriremos cuando los necesitemos? —preguntó Javi perplejo.

—Sí, es algo peligroso, pero al mismo tiempo es la forma más segura —explicó William.

—¿Y qué hago yo con el hombre que persigue a mi madre? No es por nada, pero no puedo ignorarlo. —Natalia nos sonrió nerviosa.

—Ese poder no se puede controlar. Te tendrás que acostumbrar a verle a él y quizá a unos cuantos más. No muchos humanos tienen ángeles de la guarda. Tu madre es afortunada. Javier, por el contrario, sí puede aprender a controlar el suyo —dijo William.

—¿Cómo? —preguntó él acercándose nervioso con los ojos desorbitados.

—Te tendrás que concentrar en una persona cuando quieras oír sus pensamientos y cuando no quieras, solamente tienes que rechazar la invitación. A los seres de otras dimensiones, para poder oírlos, hay que verlos o estar muy familiarizado con ellos —le explicó William.

—¡Haz una prueba ahora! —le animó mi abuela.

—Vale —contestó Javier temblando de la emoción.

Nos miró a todos, pero se detuvo en Natalia. En cuanto se dio cuenta de que quería leer sus pensamientos, abrió los ojos y mentalmente le dijo algo a Javi. Él cerró los ojos con fuerza, tensó todo su cuerpo e incluso apretó las manos. Una gran ola de emoción recorrió todo mi cuerpo expectante. Javi incluso empezó a temblar antes de destensar su cuerpo por completo y gritar:

—Lo he conseguido. ¡Lo he conseguido!

—Me alegro. Ahora intenta no leer la mente de nadie —le sugirió William.

—Vale. —Javi dio un par de saltitos soltando todo el aire de sus pulmones intentando calmarse.

Volvió a apretar los ojos y se quedó así un tiempo que se me hizo eterno. Cuando los abrió los tenía dilatados.

—¡No he leído la mente de nadie! —volvió a gritar con más fuerza, si cabía.

—Ya tenemos un problema solucionado. tendrás que practicar mucho para que te salga de manera natural, casi automática. Así que practica y practica. En casa, en la calle, en el instituto… Hasta que lo domines. Además, es muy probable que te encuentres con seres sobrenaturales a los que no puedas leerle la mente, no todas funcionan como la nuestra. Así que… eso que tendrás por adelantado.

Javi le asintió muy emocionado a William.

—Muchísimas gracias. —Le sonrió.

William le devolvió la sonrisa y se giró hacia Natalia.

—Ahora tú. Tu problema es que no controlas tu rapidez, ¿verdad? —le preguntó.

—Sí, eso es —contestó ella con expectación.

—Tienes que aprender a controlar tus nervios, tu ansiedad, el torrente de pensamientos que invade tu mente. Esa es la razón por la que no puedes controlar este poder.

—Pero ¿cómo lo hago? Siempre he sido así. Con mi familia, mis amigos, los estudios, conmigo misma… —comentó Natalia con tono derrotista.

—Puedes empezar haciendo taichí. Es muy relajante y te ayudará mucho —sugirió mi abuela.

Mi amiga se la quedó mirando largamente.

—Bueno…, puedo intentarlo —contestó con risa nerviosa.

—Será un buen remedio. En cuanto a ver seres de otras dimensiones, es todo cuestión de acostumbrarse.

—Pero hay algo que no entiendo, ¿se ha enfrentado Jessica ella sola contra todos los demonios hasta ahora? —pregunté rascándome la mejilla.

—Se me han aparecido muy pocos —respondió Jessy con cierta vergüenza.

—La actividad demoníaca en el último siglo ha sido bastante escasa, pero últimamente está habiendo más movimiento. —Tomó aire antes de seguir hablando—: Satanás ha vuelto.

# 3
# EL PACTO

—¿Co-cómo que ha vuelto? —preguntó Natalia asustada.

—Al igual que todo el mundo, Satanás también tiene su historia. Satanás tiene muchos, muchos años. Satanás, antes de ser el jefe de los diablos, era un ángel guardián —empezó William.

—¿Él? —levantó una ceja Javi.

—Sí, aunque decía que era estúpido tener que cuidar de personas que no te ven, ni te oyen y que por eso no le agradecían nada. En cierta forma puede ser que tuviera envidia de los humanos por tener una vida *normal*. Se rebeló contra todos los ángeles y se convirtió en un ser oscuro. La última persona que custodió fue a su hija Patry —continuó William.

—La hija de Satanás… ¿era humana? —preguntó Natalia con el ceño fruncido.

—Sí, nació en 1482. Patry no ve más allá del caos e incluso de la muerte. Ha sido entrenada por Satanás y le sirve de mucha ayuda. Sabe muy bien cómo tiene que hacer para atrapar a sus presas. Es astuta, inteligente, escurridiza y se dice que aún conserva una parte humana, aunque no sabemos qué implicaciones tiene ese hecho. Es una máquina de destrucción masiva y su aspecto, al igual que el de muchas otras criaturas oscuras, resulta muy atrayente para los humanos que caen en sus trampas. —Elisa tomó aire.

—Entonces, ¿somos vulnerables ante ella? —pregunté con los labios fruncidos.

—No. Al igual que Patry, vosotros también tenéis una parte humana, pero no toda y eso os mantendrá a salvo. Además, es muy fácil reconocerla, al igual que a su padre —respondió mi abuela mirándonos a todos.

—¿Por qué? ¿Son feos? —dijo Javi con una media sonrisa.

—No, no. Todo lo contrario —aclaró William arqueando las cejas.

—Hay una cosa que no entiendo. Si los ángeles sabían lo que quería hacer, ¿por qué le dejaron irse? —preguntó Natalia levantando los hombros.

—Los ángeles son seres pacíficos y racionales y no actúan contra la voluntad de nadie. No podían obligarle a quedarse. Pero sí que llegaron a un pacto. Consistía en dejarlo tranquilo en el submundo mientras no hiciera nada contra los humanos ni contra ellos. De esto hace mucho. A veces ha habido actividad demoníaca, pero al no ser muy elevada los ángeles no han hecho nada al respecto. Pero ya no es lo mismo, la actividad se ha duplicado. Satanás ha vuelto y cumplirá su venganza —explicó William.

—Qué… —Javi carraspeó—. ¿Qué venganza?

—Juró que acabaría con la raza humana y también con los ángeles. Así él tendría todo el poder —contestó Elisa muy seria—. Hay una cosa crucial para entender todo este entramado al que os enfrentáis y es que hay tres planos: el nuestro, el de los ángeles y el submundo. El submundo ya es el reino de Satanás, pero él quiere controlarlo todo.

—Entonces, teniendo en cuenta que Satanás pasó de ser un ángel a ser un demonio y que Patry nació siendo una humana y ahora también es un ser oscuro. ¿Eso significa que podríamos nosotros unirnos al submundo? —pensó en voz alta Natalia.

—Sí, todos nosotros tenemos el derecho a cambiar de plano, incluidos vosotros, pero si sabéis lo que os conviene, no lo haréis —advirtió mi abuela con dureza.

—¿Por qué? —pregunté intrigado.

—Porque la vida en el submundo no es, que digamos…, muy placentera. Si no perteneces a la realeza eres una especie de esclavo —respondió rápida y concisa Elisa.

La historia empezaba a tomar forma en mi cabeza, pero todavía había una parte de mí que no terminaba de entender aquello. O que no quería que fuera real. ¿De repente un día nos habíamos levantado y las personas con poderes, los magos y los demonios eran reales?

En ese momento, mientras Javier no paraba de temblar, sonó el móvil de Natalia. Javi dio un salto del susto mientras ella se levantaba y se alejaba para hablar. Al cabo de unos minutos, volvió y nos dijo:

—Tengo que irme. Mi madre quiere que vaya ahora a casa. Si os parece bien ya seguiremos la conversación en otro momento. —Bufó cansada mi amiga sin mirarnos a la cara a ninguno—. Intentaré… descansar. Espero que hagáis lo mismo. —Asintió para sí misma y se giró para irse.

—¡Espera, Natalia! ¡Voy contigo! Tengo mie… —se aclaró la garganta secándose el sudor de las palmas de las manos en el pantalón—, para que no tengas miedo de volver tú sola a casa.

Les acompañé hasta la puerta y los vi alejarse andando. Por la calle Javier iba pegado a Natalia.

Nada más marcharse, sonó el teléfono de mi abuela y estuvo unos diez minutos hablando. Mientras tanto, William y yo nos quedamos allí plantados sin decir nada, ensimismados en nuestros propios pensamientos. Cuando colgó, vino haciendo una mueca un tanto preocupante.

—¿Qué pasa, abuela? No tienes buena cara —le pregunté preocupado.

—Era tu madre —tomó aire sonoramente—, dice que el trabajo se ha complicado y que llegarán más tarde.

Jessica se recogió rodeándose las piernas con los brazos y apoyando la cabeza en las rodillas sentada en el sofá. La misma historia de siempre.

Nuestros padres trabajaban día y noche. Mi madre, en la unidad de cuidados intensivos y mi padre era cirujano. Trabajaban en el mismo hospital en la zona de Urgencias. Nunca habían tenido tiempo para nosotros. Ni siquiera recordaba la última vez que estuvimos los cuatro haciendo algo en familia. Bueno, pensándolo bien, nunca habíamos sido una familia.

Mi hermana y yo nos habíamos criado en casa de mi abuela materna, Elisa, y también con William. Para nosotros, ellos eran nuestra única familia. En muchas ocasiones, mis padres para mí eran unos completos desconocidos. Jessica lo pasaba muy mal cuando sucedían cosas así porque día a día seguía conservando la esperanza de que cenaría con ellos. A mí ya me daba igual irme a dormir sin tan siquiera haber cruzado una palabra con ellos porque, simplemente, no formaban parte de mi vida.

—Bueno, si queréis podemos ir a mi casa —intervino William sonriéndonos para animarnos.

# 4
# COMO EN CASA

Mi hermana, muy digna, como siempre, se levantó con lágrimas en los ojos y se dirigió a la puerta. Nosotros la seguimos. Mi abuela lo cerró todo con llave y nos fuimos. William condujo la chatarra de coche de Elisa hacia su casa.

William vivía en un barrio pudiente. Era una casa unifamiliar con un inmenso garaje. Eso era lo que a mí más me gustaba. Tenía un montón de coches ingleses: un Austin-Healey, un MINI Cooper, un Rolls-Royce y muchos otros de los que no me sabía ni su nombre, pero que me parecían preciosos. Desde pequeño siempre me prometió que el día que tuviera el carnet me dejaría conducirlos, aunque según se acercaba esa fecha él reculaba poco a poco.

Entramos en su acogedora casa. Le gustaba mucho la madera en las paredes y el color marrón pastel en los muebles. En el salón había una gran chimenea y al lado, una televisión de plasma enorme. Encima de la inmensa tele había tres estanterías atestadas de películas antiguas que ya nos sabíamos de memoria. A la izquierda, otra estantería empotrada con, al menos, tropecientos libros. Ninguno de los títulos me sonaba, pero cada vez que los veía Natalia suspiraba. Siempre se los prestaba de cinco en cinco a cambio de que cuando se los devolviese tomaran un té comentándolos.

—Bueno, ¿qué queréis para cenar? —preguntó William poniéndose el delantal.

—No tengo hambre —negué sin muchas ganas de hablar.

—Ni yo —me secundó Jessica aún triste.

William y Elisa se miraron de reojo con el corazón encogido.

—Entonces, podéis subir a la cama ya si queréis. Enseguida voy. —Nos intentó sonreír mi abuela.

Jessica y yo subimos a nuestras respectivas habitaciones. Este caso se había repetido tantas, *tantísimas* veces, que teníamos habitaciones propias e incluso ropa en los armarios.

A veces me preguntaba de dónde sacaría todo ese dinero William, aunque, claro, nunca había tenido ni mujer ni hijos, así que todo el dinero lo invertía en sus caprichos o en nosotros. La habitación de Jessica era toda rosa. Desde la pared hasta las cortinas y la colcha de la cama. Entró y se puso el pijama. Yo también fui a mi habitación.

La mía era mucho más sencilla. Tenía las paredes blancas, en el centro estaba la cama; enfrente, el escritorio con un flexo y encima del cabezal, unas estanterías con libros. Nada del otro mundo, pero me sobraba. Me eché sobre la colcha y cerré los ojos. Oí a mi abuela, que entraba en la habitación de mi hermana.

Desde allí lograba ver su habitación.

—Hola, abuela —escuché decir a Jessica.

—¿Cómo te encuentras, mi amor? —le preguntó mi abuela.

—Ya estoy acostumbrada a esto, no te preocupes —contestó Jessy mirando al frente.

—Cariño..., tú ya sabes que ellos, pese a todo, te quieren muchísimo. A los dos. Pero tienen que trabajar. —Le acarició la mejilla.

—Lo sé, abuela, no te preocupes. ¿Te quedas aquí un rato conmigo? —preguntó Jessica cambiando de tema.

—Por supuesto, hazme un hueco. —Se sentó junto a ella y empezó a acariciarle el pelo.

Al cabo de un rato en el que mi mente no podía dejar de repasar una y otra vez la conversación en el jardín de por la tarde, Elisa salió de la habitación cerrando la puerta tras ella. Enseguida vino a verme.

—¿Cómo estás, Ángel? —me preguntó mirándome fijamente.

—Asombrado por todo lo ocurrido hoy, aunque el final no es nada sorprendente. Siempre pasa lo mismo. —Suspiré.

—Bueno, ahora descansa. Ha sido un día muy intenso —me dijo dándome un beso en la frente.

Me quité la ropa, me puse el pijama y me cepillé los dientes. Me quedé mirando al espejo, no me reconocía. Aparte de las ojeras, que era algo normal para el día que había pasado, parecía que hubiese crecido veinte centímetros de golpe y con unos músculos marcadísimos, que era algo que nunca había aspirado tener. ¡Y por no hablar de la fuerza!

Ya no sabía quién era.

Todo el tiempo había sido este mi destino, limpiar las calles de demonios. Es algo que nadie se lo espera, e incluso algo que nadie aspiraría a ser. ¿Qué clase de descerebrado querría vérselas con demonios?

No tenía ganas de dormir, a pesar del cansancio que llevaba arrastrando. Me acosté y cogí el móvil. Marqué el número de Natalia, me lo sabía de memoria.

—¿Diga? —descolgó ella.

—Soy yo.

—Hola. ¿Pasa algo? —preguntó preocupada y en voz baja.

—¿Cómo estás?

—Bueno —tomó aire—, tendré que acostumbrarme. Mañana voy a casa de tu abuela a hacer taichí a ver si así soy capaz de controlar mis nervios. Y referente a lo del ángel de la guarda de mi madre, tendré que acostumbrarme también a verlo todos los días detrás de ella y no decir nada. ¿Y tú? ¿Cómo lo llevas?

—Bueno..., intentando asimilarlo igual que vosotros. —Tenía tantas cosas que decir..., pero las palabras no conseguían abrirse paso—. Estoy en casa de William, hoy me quedo aquí a dormir.

—¿Y eso?

—Mis padres, ya sabes, la historia de siempre.

—Ah, ya. Entiendo. Entonces, lo demás lo vas llevando, ¿no?

—Bueno, es algo que tenía que llegar, lo llevo en la sangre. Cuando me miro al espejo estoy media hora observando mi *reflejo*. Aún no me lo creo. Superfuerza. ¿Dónde se ha visto esto? Ahora nuestro trabajo es limpiar las calles de esos malditos seres. Luchar contra Satanás y su familia. ¡Y empezar a entrenar para estar preparados! Como ves, lo que le pasa a la gente normal —le dije en un tono sarcástico.

Oí cómo se reía y yo también estallé en carcajadas.

—Al final, ¿cómo ha llegado Javi a su casa? —le pregunté aún medio riéndome.

—¿Cómo crees? Llegó después de estar diez minutos aferrado a mi brazo. —Rio—. Es tan miedoso. Pero creo que no lo lleva del todo mal.

—Sí, de los tres es el que mejor se lo ha tomado. —Pude oír el bostezo de Natalia y me supo mal entretenerla más tiempo—. Descansa, mañana ya continuamos hablando, ¿vale? Buenas noches —me despedí con dulzura.

—Buenas noches. Descansa tú también —me contestó bostezando otra vez.

Colgamos y dejé el móvil en la mesita. No sabía qué hacer, seguía sin tener sueño. Me puse a pensar en lo que haría a partir de ese momento, porque ya nada sería igual. A pesar de que en mi caso era hereditario, estaba mucho peor que mis dos amigos, los primeros portadores del gen en su familia. Me sentía tan perdido y desorientado. Me preguntaba si estaría a la altura de las circunstancias y si verdaderamente quería estarlo. ¿Tenía opción? ¿Se podía renunciar a los poderes?

Me esforcé en cerrar los ojos y dejar la mente en blanco. En menos de cinco minutos me dormí.

Soñé que Natalia, Javier y yo estábamos en un callejón estrecho y oscuro. Al final de aquel callejón había una extraña chica. Era pelirroja con el pelo por la cintura. Llevaba unos pantalones negros, unas botas militares y una chupa de cuero. Nos miró de arriba abajo y sonrió con malicia. Empezó a correr hacia la izquierda y nosotros, sin pensar, corrimos detrás de ella. Era extremadamente rápida, pero nada comparada con Natalia, que la cogió por detrás, pero la pelirroja, a su vez, la agarró de los hombros, le dio una vuelta y la estrechó con mucha fuerza entre sus delgados brazos. Era tal la fuerza que la hizo gritar, un verdadero grito de dolor. Quería ir a ayudarla, pero en vez de avanzar hacia delante corría hacia atrás. Javier, Natalia y la pelirroja me miraban sin hacer nada. La extraña chica con una sonrisa torcida, Natalia con dolor y Javier con una mirada vacía.

# 5
# UN NUEVO DÍA

Cuando me desperté estaba sudado y pegajoso. El reloj marcaba las seis y media de la mañana. Aún me quedaba media hora para poder dormir, pero fui a ducharme tranquilamente. Bajo el agua comprobé que mi cuerpo era exactamente igual al del día anterior, por lo que tenía que ir haciéndome a la idea.

Me puse lo primero que pillé en el armario. Bajé y William y Elisa ya estaban levantados.

—¿Qué tal? —me preguntó mi abuela con una amplia sonrisa.

Me dio un beso en la mejilla y me puso un vaso de leche y dos tostadas en la mesa.

—Mal —contesté sin más mordiendo la tostada.

—No esperaba que dijeras eso. —Se acercó y me acarició el pelo—. ¿Qué pasa?

—Nada importante. —Suspiré—. He tenido una pesadilla esta noche y no he descansado bien. Sigo con sueño.

Elisa y William se dedicaron una mirada de soslayo que no me pasó desapercibida, pero decidí ignorarla. Estaba cansado y no me apetecía hablar. Y ya puestos, ni pensar.

—Bueno…, ponte en marcha que el instituto queda un poco lejos de aquí. —Me dio un golpecito con cariño en la espalda mi abuela.

—¿Quieres que te acerque con el coche? —intervino William.

—No, no hace falta, William. Gracias de todos modos —contesté cogiendo la mochila y engullendo de un solo bocado la media tostada que me quedaba.

Fui a casa de Natalia. Tardé bastante más de lo normal en llegar porque no tenía ganas de nada. Llamé al timbre y me abrió la misma Natalia. Llevaba vaqueros, una camiseta blanca y el cabello recogido en una coleta. Sus ojos verdes seguían destacando como el día anterior. Le quedaba bien ese color tan intenso. O sea, quería decir que sí, que estaba muy guapa. Tragué saliva dándome cuenta de que jamás tendría el valor de lanzarle un piropo así a Natalia. Ella no pareció percatarse de todo el vaivén de pensamientos que había en mi cabeza.

—¿Nos vamos? —me preguntó cerrando la puerta.

—Sí, claro. ¿Pasamos a por Javier?

—No, da igual. Creo que aún está durmiendo.

Fuimos al instituto sin hablar de nada en particular ni importante. Al llegar nos separamos. Al igual que el día anterior, fueron unas clases muy aburridas. Solo estuve a gusto en Educación Física porque coincidía con Javier. A la hora del patio estuve en la biblioteca adelantando deberes para luego tener la tarde libre. Natalia estuvo, como de costumbre, con Nerea. Y Javier… Javier no sé qué hacía. Quizá siguiera castigado. Al tocar la campana esperé a que mis dos amigos salieran. Primero salió Javi y luego,

Natalia. Fuimos corriendo, menos Natalia que iba a buen paso, a casa de mi abuela. Tocamos la puerta y nos abrió mi hermana.

—Os estábamos esperando —nos dijo ella con desgana.

Parecía que nadie estaba de buen humor aquel día. Entramos y dejamos las mochilas en la entrada.

—Hola, chicos. —Se acercó mi abuela—. Natalia, ya lo tengo todo preparado para el taichí como hablamos ayer —le indicó.

Fueron a una parte del jardín y se pusieron a hacer movimientos a cámara lenta. Hacía bastante gracia, por eso solté alguna que otra risa ahogada. Natalia, como contestación, me sacó la lengua, aunque luego se rio e intentó volver a concentrarse en los movimientos de mi abuela, pero me di cuenta de que comprobaba cada pocos segundos si la observaba. Aparté la mirada cuando se acercó William a mí.

—Bueno, ¿qué tal estáis?

—Yo he dormido del tirón —contestó Javier como si nada.

Nos sentamos en las sillas del jardín alrededor de la mesa de cristal.

—Pues yo no he tenido esa suerte. Tuve una pesadilla.

—Sí, lo has dicho esta mañana, aunque te he visto tan cansado que no he querido preguntarte qué ocurría en ella.

—Pues estábamos Javi, Natalia y yo en un callejón oscuro vestidos de negro. A unos cuantos metros, al final del callejón, había una chica pelirroja que nos sonreía con malicia. Se fue corriendo y nosotros fuimos tras ella y en ese momento me desperté —les expliqué apoyando los codos encima de la mesa.

—Los sueños o pesadillas de los medio-ángeles luego pueden suceder o aproximarse mucho a la realidad —explicó él—. La pelirroja que aparece en tu sueño solo puede tratarse de una persona: Patry. Tenéis que empezar a entrenar cuanto antes, creo que todo está más cerca de lo que pensamos. No tenemos mucho tiempo.

Acto seguido, William se levantó y se encaminó a las dos estatuas que eran mi abuela y Natalia. Habló con ellas durante un rato y vinieron los tres a la mesa.

—Os llevaremos a otra dimensión para que empecéis a poner en práctica vuestros poderes —nos dijo mi abuela como si tal cosa.

—¿Qué? ¿Cómo que a otra dimensión? —pregunté atónito.

—Con la ayuda de la magia os llevaremos a una dimensión pequeña, de unos seis kilómetros cuadrados, con un demonio bastante fácil de manejar: el dunlop. Es como un ciempiés gigante, suelen ser verdes. Son rápidos, pero fáciles de vencer. Nunca dejéis que esté encima de vosotros, os comería y no dejaría ni rastro. Ni huesos, ni sangre… nada. Tendréis que estar muy pendientes de eso —nos explicó William muy serio.

—Ahora va una de mis partes favoritas: el vestuario. —Mi abuela se levantó de la silla con una gran sonrisa.

Nos llevó al interior de la casa y nos dio nuestra ropa para poder «combatir». Era toda negra.

El conjunto de Natalia era todo negro, lo formaba una camiseta normal, unos pantalones pitillo y una chupa de cuero. Llevaba unas botas hasta las rodillas también negras de estilo militar. A los lados colgaban dos dagas de plata.

El de Javier también era sencillo: una camiseta, unos pantalones cargo y unas botas militares. Llevaba un cinturón y en los costados, otras dos dagas de plata.

Imponían. Parecían otros.

El mío era igual que el de Javier, solo que llevaba una chaqueta negra de cuero con capucha y unas tiras cruzadas en el pecho y en la espalda dos espadas también de plata.

—Os pondréis esta ropa. En los entornos que os moveréis, normalmente oscuros, os servirá de camuflaje —explicó Elisa.

—Os voy a enviar a la otra dimensión aproximadamente durante media hora. Tendréis que véroslas con el dunlop. Todo irá bien si confiáis en vosotros mismos, ¿entendido? Luchar contra demonios está en vuestra naturaleza, esto simplemente os ayudará a conocer mejor vuestros poderes. —William asintió nervioso y orgulloso—. Solo me queda desearos mucha suerte.

Movió las manos y ante mis ojos vi cómo se difuminaba todo. La casa, los muebles y las personas y entré en una especie de espiral.

# 6

# LA OTRA DIMENSIÓN

Fueron escasos segundos, pero me parecieron horas.

No caímos de pie. Estábamos mareados, desorientados. Nos levantamos y miramos al frente. Era de noche, pero en la penumbra se podía contemplar una casa de madera que de un momento a otro se derrumbaría. En sus años debió de ser bonita, pero en ese momento daba miedo. Estaba en medio de un campo de trigo con un espantapájaros (más bien *espantapersonas*) que daba vueltas a causa del viento.

Natalia fue la primera en reaccionar. Se dirigió con paso decidido hacia el porche de la casa. Javi le pisaba los talones con la mandíbula muy apretada. Fui tras ellos sintiendo el corazón latirme con fuerza en los oídos.

Natalia se quedó parada ante los dos escalones de madera hundidos y miró hacia arriba. Las ventanas estaban tapiadas con listones de madera mal colocados, la puerta principal también lo parecía. Mi amiga subió despacio y los peldaños chirriaron bajo su peso. Incluso el porche chirriaba. Javi la siguió y se quedó pegado a su espalda. Yo también fui al lado de Natalia.

Detrás de ella cayó el suelo por donde habíamos pasado. Miró el agujero que se acaba de formar y a nosotros para asegurarse de que estábamos bien. Tragó saliva e intentó abrir la puerta. Cerrada. Insistió con más fuerza, incluso le dio con el costado, pero no conseguía abrirla. La aparté suavemente sabiendo que eso debía hacerlo yo. Asintió decidida con Javi todavía escondido tras ella. Me puse delante de la puerta, le di con el hombro levemente y se fue abajo. Entré, seguido de mis amigos, a través del gran manto de polvo que se había levantado.

El vestíbulo era pequeño. A la izquierda había una escalera de madera, enfrente, una habitación y a la derecha, otra.

—Yo iré arriba. Vosotros investigad por aquí abajo —dije empezando a subir las escaleras.

Natalia asintió con determinación, pero a Javi desprenderse de su muralla humana no parecía gustarle. Natalia se fue a la habitación de enfrente y mi amigo se quedó un poco desorientado. Le señalé la habitación que le correspondía y lo vi adentrarse en ella con miedo. Entraba con mucho pavor, con la mano en una daga de plata.

Subí con todo el sigilo posible que me permitían los escalones chirriantes. Arriba no era muy espacioso. Había cuatro habitaciones distribuidas por la pequeñísima estancia. Saqué una de mis espadas de plata por si acaso. Todo estaba en completo silencio. Solo se oía el crujir del suelo viejo y mi respiración acelerada.

Abrí la primera puerta, a la que le hacía falta un engrasado urgente. Miré antes de entrar, las cortinas estaban sucias y rotas. Había una cama con un somier de láminas y con el colchón medio tirado en el suelo. Entré con la espada en alto dispuesto a atravesar todo lo que se pusiera delante de mí. Miré por todas partes, incluso dentro del armario que estaba lleno de gigantes telarañas. Allí no había nada.

Mientras daba una última ojeada oí un grito procedente de abajo. Me precipité por las escaleras. En la habitación donde se encontraba Javi estaba el demonio.

El dunlop.

Era mucho más feo de lo que nos habían dicho, más que un ciempiés parecía una serpiente con la barriga amarilla y el lomo verde. Las patas eran negro azabache acabadas en punta, como cuchillas.

El dunlop se abalanzaba contra mis dos amigos, que se defendían como podían.

Natalia le propinaba patadas en la cabeza, incluso puñetazos. Me sorprendió ver esos movimientos tan rápidos y precisos y recordé las palabras de William sobre que esa era nuestra nueva naturaleza. Nosotros ya no éramos humanos. Éramos seres hechos para matar demonios.

Javier llevaba la daga en la mano y mientras Natalia despistaba al dunlop, se subió a su lomo. Se escurrió lo más rápido que pudo hacia la cabeza. El bicho se dio cuenta y echó el cuello hacia atrás. Eso hizo que levantara dos de sus muchas patas y arañara a Natalia. Ella chilló del dolor de la manera más desgarradora que jamás había escuchado. Corrí hacia ella, abandonando mi parálisis, y la cogí en brazos. Antes de salir le grité a Javi lanzándole una de mis espadas:

—¡Me voy a la otra habitación con Natalia! ¡Se ha desmayado!

La cogió al vuelo, asintió con decisión y me fui con Natalia a la habitación contigua. La tendí en el suelo con mucha delicadeza. Desde ahí podía oír los gritos, no de Javi, sino del dunlop. Supuse que todo iba bien.

Natalia tenía un arañazo desde la sien derecha que le recorría toda la mejilla y le bajaba por el cuello hasta el hombro izquierdo. Perdía demasiada sangre y estaba inconsciente. Cogí mi camiseta y la desgarré por abajo. Presioné el trozo de tela en la herida. Tan pronto como pudo, Javi vino sucio y sudado.

—¿Cómo está? —preguntó casi sin aliento.

—No despierta —contesté mirándola. Tomé su rostro entre mis manos—. ¡Natalia! Natalia, por favor.

—¡Natalia, no vayas hacia la luz! —le gritó Javi por encima de mi hombro.

—¿Cuánto tiempo nos queda? —Tragué saliva.

—No lo sé, pero me temo que será demasiado.

En ese momento, como si nos hubieran escuchado, empezamos a verlo todo borroso. La habitación se difuminó ante nuestros ojos y aterrizamos de nuevo en el salón de mi abuela.

Enseguida que vieron a Natalia ensangrentada, me ordenaron que la cogiera y la acostase en el sofá. Todo lo que recuerdo que ocurrió luego fueron frases que me mareaban, desconsolaban y me quitaban esperanzas. «Pierde demasiada sangre», «Traed las pomadas», «¡Qué alguien haga algo!», «No respira», «¡Natalia, respira!».

—¡Ángel! Coge a Natalia y llévala arriba a mi habitación —me apremió mi abuela.

Cogí a Natalia y la llevé lo más rápido que pude.

—Ángel… —susurró ella.

Sentí que volvía a respirar.

—Natalia, te vas a poner bien. No pasa nada —le dije con los ojos llorosos.

Cerró los párpados de nuevo y echó la cabeza hacia atrás. Realmente no sabía si lo que estaba ocurriendo era cierto o simplemente una pesadilla.

La tendí sobre la cama notando mis mejillas húmedas. No me había dado cuenta de que estaba llorando.

—Ángel, vete abajo —me ordenó mi abuela.

—No, quiero quedarme —le contesté resistiéndome a dejarla.

—Ángel, debes marcharte —me repitió con dureza.

—No, no me voy de aquí —repetí con los dientes apretados mirando a Natalia.

—Se pondrá bien, pero debes marcharte abajo. Por favor, Ángel, hazme caso.

En ese momento entró William con unos cuencos humeantes. No sabía lo que eran. Llevaba vendajes doblados y hierbas que desprendían un olor penetrante parecido al limón. Elisa asintió y me fui abajo. Mi hermana y Javi estaban sentados en el sofá. Jessica se cogía las piernas con la mirada perdida y mi amigo escondía la cara entre las manos temblando. Pasé por su lado y le di dos palmadas en la espalda.

—Ha perdido demasiada sangre. Ni... ni siquiera reacciona y casi no respira —murmuró.

—Cuando la subía ha dicho mi nombre, incluso se ha llegado a incorporar un poco. No me cabe duda de que se pondrá bien muy pronto —le consolé apretándole el hombro.

—¡Auu! —aulló de dolor cogiéndome de la mano—. Si sigues así me dislocarás el hombro.

—Aún no estáis preparados —murmuró de pronto Jessica sin mirarnos a la cara—. Si un dunlop os ha hecho esto, no quiero ni pensar lo que ocurrirá contra Satanás. No tenéis ni idea de qué va todo esto.

—Es la primera vez que vemos un demonio. Es normal que hayamos tenido complicaciones. Aun así, Javi ha logrado matarlo muy rápido. —Me revolví en el asiento sintiéndome atacado.

—No, no es la primera vez que ves a un demonio. Tú viste a Patry en tu sueño. No contemplaste ni la mitad de su fuerza, de su potencia. No tenéis nada que hacer contra ellos. Encima, si cuentan con la ayuda de Idrick… —siguió con la misma dureza.

—¿Quién es Idrick? —preguntó Javi con los ojos cerrados.

—Idrick es, digamos, como otro hijo de Satanás, aunque nunca ha contado con las mismas alabanzas y confianza que Patry. Idrick y Patry son pareja. Ella en 1912 vio por primera vez a Idrick y le gustó. Sabía que siendo un mortal nunca podría estar con él. Así que lo convirtió en un demonio. Él es el tercero al mando —nos explicó Jessica con tono cansado.

—¿Y quieres decir que es bueno en la lucha? —le pregunté.

—Es buenísimo. Al igual que Patry, no conciben otra forma de vivir que no sea combatiendo.

En ese momento sonó el timbre. Fui a abrir la puerta y para mi sorpresa resultó ser mi madre. Era una mujer de cuarenta y dos años, delgada, con el pelo castaño medianamente largo y siempre vestía ropa muy ajustada.

—Hola, Ángel. ¿Y la abuela? Es para decirle que os venís ya a casa conmigo —dijo mi madre entrando y mirando hacia todas partes.

—¿Mamá? —se extrañó Jessica antes de acercarse a ella para abrazarla.

Vi en su mirada cómo ese simple e insignificante gesto le devolvía la esperanza a mi hermana. Ella podría conocer muy bien los entresijos del submundo, pero yo conocía muy bien a nuestra madre.

—Hola, cariño. ¿Cómo estás? Siento no haber venido ayer a recogeros, pero es que papá tenía mucho trabajo y me quedé a esperarle.

—Bueno, no es nada nuevo para nosotros —corté sus falsas disculpas con amargura.

—Ya sabes que el trabajo es muy importante y es nuestra obligación para tener todo lo que tenemos.

—No sé de qué sirve tanto trabajo si después no estáis nunca en casa —le repliqué.

—Bueno, ahora no voy a discutir contigo. Quiero ver a tu abuela —respondió con dureza.

—Está ocupada —contesté fríamente.

—Supongo que podrá dejar lo que esté haciendo y venir dos segundos, ¿no? —Me miró con dureza.

—Bueno, bueno, no os peleéis que ya estoy aquí. ¿Qué ocurre? —Bajó mi abuela.

—Me llevo a Jessica y a Ángel a casa —le dijo a su madre dándole dos besos.

—No —corté secamente.

—Va, vámonos a casa —volvió a decir.

—Ángel, haz caso a tu madre, por favor —me medio suplicó mi abuela.

—Ya sabes por qué no quiero irme. Además, si hubiese querido algo de nosotros, que hubiera venido ayer a recogernos, que es como tendría que haber sido. En casa nunca ha habido un ambiente familiar ni nunca lo habrá. Las pocas veces que estamos los cuatro juntos en la mesa, siempre se habla del mismo tema: el trabajo. Cuando en la escuela hay reuniones de padres, ¿quién va? ¿Eh? Ni tú ni papá. Va la abuela. Creo que ahora si quiero quedarme aquí tú no eres *nadie* para decirme lo contrario. Me quedo a cenar y a dormir —repliqué muy enfadado.

—Como quieras —carraspeó mi madre sin ser capaz de mirarme a la cara.

Cogió a mi hermana y entraron en el coche. Vi cómo se alejaban.

—¿Realmente no vas a ir hoy a casa? —me preguntó mi abuela con dulzura.

—Sí, sí que iré. Pero primero quiero saber cómo está Natalia —contesté un poco nervioso.

—Me parece bien. —Me sonrió.

—Bueno, Natalia está bien. No puede irse a casa, pero tranquilos en unas horas estará recuperada. La pomada que le he puesto es lo que tarda en actuar —dijo William mientras bajaba con paso tranquilo.

—Subiré a verla —contesté subiendo los escalones de dos en dos.

Cuando llegué arriba oí la inconfundible voz de Natalia. Di un gran suspiro y me di cuenta de que una parte de mí había temido no volver a escucharla.

—Mamá, ¿puedo quedarme a dormir en casa de Ángel? Sí…, ya sé que no me veis desde esta mañana, pero es que no hemos terminado el trabajo sobre las células, se ha… Claro que estoy bien. Sí. Por favor, mamá. ¿Puedo? —Natalia escuchaba a su madre—. Gracias, mamá. Yo también te quiero mucho. Hasta mañana. —Y cerró el móvil.

Suspiró. Aproveché para entrar en la habitación. Habían preparado el cuarto de invitados para ella.

Me quedé mirándola desde el rellano de la puerta. Tenía la herida impregnada con un mejunje que seguía sin identificar, pero aún se podía apreciar la raya roja que le recorría la cara y parte del cuello.

—No sabía que teníamos que hacer un trabajo sobre células. —Entré sonriendo.

—¡Ah! Eso. Le tenía que poner una excusa. Como comprenderás no le podía decir que venía de matar un demonio y que un poco más y no me mata él a mí —contestó sonriendo también.

A veces que se mostrase tan optimista irritaba un poco. Sabía que le dolía, sabía que respiraba con dificultad, que tenía miedo por lo que le podría haber pasado. Pero aun así ella no decía nada. Me senté al borde de la cama.

—¿Cómo estás? —me preguntó mirándome fijamente.

—No es a mí a quien le ha atacado un dunlop.

—Estoy bien, en serio, no ha sido nada. —Levantó los hombros.

—Comparado con lo que podría haber sido, querrás decir —le contesté serio.

—Estoy bien, de veras. Estaré perfecta para la boda de tu prima este domingo.

—¡La boda! Se me había olvidado completamente —contesté con la mano en la cabeza.

Mi prima Lucía se casaba ese domingo. Ya hacía años que vivían con su pareja en Francia. Cuando mi prima venía de visita se quedaba en mi casa, por eso conocía muy bien a todos mis amigos y por eso estaban invitados. Cuando venía intentábamos parecer una familia normal y cenábamos todos juntos alrededor de la misma mesa. Solo tenía buenos recuerdos de ella.

—Faltan dos días. ¿Aún no sabes lo que te vas a poner? —me preguntó con los ojos abiertos muy grandes.

—Pues..., la verdad es que no, aún no lo sé. —contesté haciéndome un poco pequeño.

—Eres un desastre, Ángel. No puedes ir a la boda de tu prima con una camiseta cualquiera y unos vaqueros.

—Es justo lo que había pensado. —Torcí el gesto intentando no reírme.

—Eres un completo desastre —me volvió a decir con media sonrisa.

—Natalia, deberías dormir —apareció William en la puerta.

—Vale, William —asintió y él se fue. Me puse en pie para salir yo también, pero me cogió de la mano—. Y tú, piensa algo mejor que ponerte.

—Y tú, descansa. —Le sonreí.

Rio divertida. Me fui abajo y Javi ya no estaba.

—¿Y Javi? —le pregunté a mi abuela.

—Le han llamado al móvil desde su casa y se ha marchado —contestó ella sentándose en el sofá.

—Vale, me iré yo también a casa —soplé abatido.

Lo último que me apetecía era volver a enfrentarme a mi madre. Mi abuela sabía lo que esa situación provocaba en mí, por eso me miró orgullosa y me dijo:

—Este es mi chico. —Sonrió.

Cogí mi mochila del instituto y la ropa que había usado por la mañana intentando pensar en cualquier excusa para quedarme, pero no la encontré a tiempo.

# 7
# DE CAMINO A CASA

Me quedaba un largo camino para llegar a mi casa. Hacía un frío invernal, el viento agitaba las ramas de los árboles de izquierda a derecha con mucha fuerza y producían un sonido tétrico.

No se veía a nadie por la calle, solo estaba yo. De vez en cuando pasaba algún coche. Cuando giré la esquina vi a una chica que me resultaba familiar. Estaba en medio de la carretera impidiendo el paso de un coche. La chica alargó el brazo y con la mano lo paró. Solo con la mano. Dejó una abolladura de unos cincuenta centímetros en la parte delantera. Me escondí detrás de un par de coches aparcados con el pulso acelerado, consciente de que estaba presenciando otra escena sobrenatural.

El joven conductor estaba aterrorizado por aquella espectacular chica. Ella rompió el cristal de la parte delantera y lo sacó de un solo tirón.

—¡No tengo nada! ¡Déjame! —gritó el chico mientras ella lo levantaba en alto con una sola mano del cuello de la camisa.

—Te aliarás a mí —le exigió ella con un tono que no admitía réplica.

La chica se acercó y le pegó una patada al coche, que salió despedido hacia atrás. Al caer se rompió en varios pedazos, incluso el motor se incendió. Luego dirigió una mirada al chico, que estaba pálido por el pavor.

—Porque si no te alias a mí, no harás nada nunca más.

—No, no…, no quiero aliarme a ti —respondió conforme pudo.

Me sorprendió la valentía que ese humano demostró.

—Te he dado una oportunidad y tú no la has aprovechado. Lo siento —terció ella.

Dos segundos más tarde lanzó al chico por los aires. Cayó muy cerca de la hoguera que hasta hacía muy poco era su coche y no volvió a emitir ningún sonido ni movimiento. Supuse que estaría muerto.

Miró de soslayo hacia donde yo estaba y pude verle la cara. Era la chica de mi sueño: Patry. Tenía ante mis ojos a la hija de Satanás. La segunda al mando. No podía creérmelo.

Realmente era guapa. Era pelirroja con el cabello largo hasta la cintura y un poco ondulado. Tenía los ojos muy verdes, era alta y delgada. Llevaba una falda muy corta negra que acababa con un bordado y las mismas botas que en mi sueño, también una camiseta blanca que me recordaba a las que llevan los nobles en el siglo XV y una chaqueta verde pistacho que también acababa con un bordado.

—¿Qué te ha parecido? —preguntó.

Por un segundo pensé que se dirigía a mí, hasta que vi a un chico que andaba hacia ella. Era alto y musculoso. Tenía el pelo negro y una piel muy clara. Iba vestido de negro menos la camisa, que era blanca.

—Impresionante —contestó él sonriendo.

—Tú lo habrías hecho igual de bien, Idrick —percibí cierto tono de broma en Patry.

Así que ese era Idrick. Se dirigieron al cuerpo del chico muerto sin dejar de sonreírse. Idrick le dio una patadita y los dos rieron y siguieron su camino a buen paso. En cuanto vi que se alejaban fui lo más rápido y silencioso posible hacia mi casa, que no estaba ya muy lejos.

Estaba exaltado. Había presenciado un asesinato a manos de Patry y luego había visto también a Idrick. No parecían ser muy agradables, no.

No faltaba mucho para llegar a casa. Sentía cómo el sudor frío me recorría todo el cuerpo. «¿Debería llamar a la policía?», pensé. «Pero ¿en qué estoy pensando? La policía nunca creería esta historia de: "He visto cómo la hija del demonio mataba un chico en mitad de la calle". Debía llamar otra persona, no yo». Por fin llegué a mi casa. Abrí la puerta y escuché varias sirenas de policía a lo lejos. Mi madre en la cocina fue la primera en darse cuenta de que había llegado.

—Así que al final has… ¿qué pasa? Estás completamente empapado. ¿Ha ocurrido algo? —preguntó asustada.

—No, no, es que… quería hacer un poco de ejercicio y he venido corriendo. Nada más —dije dejando la mochila en el suelo sin aliento.

—Vale. —Me miró con el ceño fruncido, analizándome. Sentí que quería decirme algo, pero que no se atrevió a formularlo en voz alta—. Ve a ducharte antes de cenar.

Me fui al baño de arriba y me di una ducha de agua fría. Seguía nervioso. Oía en los oídos los latidos de mi corazón. Las manos me temblaban y sudaban aun estando bajo el agua.

Cené inmerso en mis pensamientos. En la mesa veía cómo mis padres y mi hermana movían los labios al hablar, pero el sonido de sus voces no me llegaba. Era como si alguien les hubiera bajado el volumen. Comí sin saber lo que estaba comiendo. Subí las escaleras para ir a mi cuarto sin ver por dónde iba. Me acosté por inercia. Puse la mente en blanco e intenté dormir.

Por suerte, esa noche no soñé.

# 8
# LA BODA

El sábado fue un día como cualquier otro. Me levanté muy tarde, estudié e hice los deberes. Comimos Jessica y yo juntos mientras les escribía a Natalia y a Javier para ver cómo estaban. Por la tarde hicimos la siesta, vimos un poco la televisión, cenamos y nos fuimos a dormir.

Natalia me estuvo mandando fotos del arañazo a lo largo del día para que viera lo rápido que se curaba. Gracias al mejunje, en vez de parecer que habían pasado unas horas de lo sucedido, parecía que hubieran pasado semanas.

—Levántate, hoy es el gran día —me despertó mi hermana al día siguiente aporreando la puerta.

—¡Ya voy! ¡Ya voy! —Me puse la almohada en la cara cansado.

Me levanté y me vestí para la boda. No iba muy formal. Me puse una chaqueta de un traje de mi padre que le quedaba grande, una camisa blanca y vaqueros. No me había hecho falta comprarme ropa nueva, ya que siempre había preferido vestir muy holgado, como si así pudiera ocultar mi delgadez bajo aquellas tallas de más. Esa misma ropa había pasado de un día a otro a quedarme justa. Eso de matar demonios no me tenía muy convencido, pero el físico que había desarrollado desde luego que sí.

Bajé y allí estaban los tres esperándome. Mis padres llevaban un par de días mirándome fijamente, pero ninguno se había atrevido a hacer un comentario sobre mi nuevo aspecto, seguramente temiendo mi reacción. Mi padre seguía atándose la corbata y mi madre acabando de colocarle bien el vestido a mi hermana. Él llevaba un traje marrón y zapatos brillantes; mi madre, un vestido de verano con el cual seguro que pasaría frío más tarde, y Jessica, un vestido de tirantes azul cielo. Al verme, mi madre vino y me puso bien el cuello de la camisa.

—Tienes que ir a recoger a tus amigos —me recordó poniéndome las manos en los hombros y sonriéndome.

Primero pasé por casa de Natalia. Llamé al timbre y me abrió la puerta. Estaba guapísima. Un vestido verde hasta las rodillas ajustado y elegante. La cicatriz era casi inapreciable, como si hubieran pasado meses.

—Hola. ¿Qué tal? —me preguntó sonriendo.

—Bien, he convencido a mi madre para no ponerme el traje —presumí mi victoria. Carraspeó y noté cómo me ardían las mejillas antes de decir—: Por cierto, estás muy guapa.

—Gracias, tú también… Sí, que también estás guapo. —Se rascó la nuca—. ¿Vamos a por Javi? —cambió de tema.

Mientras nos encaminamos a su casa, le conté lo que había visto hacía dos días.

—¿Qué? No me lo puedo creer —Se llevó la mano a la boca escandalizada.

—Sí, yo tampoco me lo podía creer, pero era idéntica a la chica de mi sueño y al chico lo llamó por su nombre, Idrick. Mató al humano porque no quiso unirse a ellos —expliqué.

—¿Dijo unirse a qué? —preguntó mordiéndose una uña.

—No, o por lo menos yo no lo escuché.

Hablando del incidente llegamos a casa de Javi. Llamamos a la puerta y salió. Iba vestido más formal que yo. Llevaba corbata y el vaquero negro parecía del traje.

—Hola, chicos —saludó aflojándose el nudo de la corbata.

Tenía toda la pinta de que le habían obligado a vestirse así contra su voluntad. Sonreí al ver su cara de hastío.

—Ángel, cuéntale lo que acabas de decirme —me apremió Natalia.

—¿Ha pasado algo? —Bajó los escalones con las manos en alto—. ¡Por el amor de Dios! ¡Que solo hace cinco días que tenemos poderes!

Le expliqué lo mismo a él camino de mi casa. Me hizo repetírselo dos veces para recordar mejor cada detalle. Al llegar vimos el coche de mi abuela. Entramos y allí estaban los dos, tan joviales como siempre.

William llevaba un traje que me hizo recordar a los hombres ingleses de las películas. Iba impecable. Mi abuela con un traje entero gris también iba guapísima y muy fiel a su estilo habitual.

—¿Cómo estáis? —nos preguntó Elisa repartiendo besos de bienvenida.

—Bien, estamos bien —contesté tragando saliva.

Todavía no le había contado a ella tampoco el incidente. Justo cuando tomé aire para decírselo, se fue a otra parte para seguir con los preparativos. Vi a William al final de la sala y a bocajarro le solté:

—William, antes de ayer vi a Patry y a Idrick.

—¡¿Qué?! —exclamó con los ojos desorbitados.

Le expliqué lo mismo que a mis amigos.

—Pretenden hacer un ejército más grande. Se están preparando para luchar.

—¿Estáis listos? —preguntó mi padre con la puerta de casa ya abierta para salir.

—Bueno, hoy vamos a olvidarnos de todo y vamos a disfrutar. Dejemos a los demonios a un lado. —Nos sonrió algo nervioso William.

Subimos al coche y nos fuimos al salón donde se celebraba la boda. No dijimos nada, solo se oía el repiqueteo de la música del coche. El trayecto fue corto, debido a la conducción bastante temeraria de mi padre.

Al llegar al salón de banquetes, donde también se iban a dar el sí quiero, vimos que ya estaba repleto de gente desconocida, y que muchos hablaban en francés. Nos sentamos en la cuarta fila en unos bancos de madera.

Toda la decoración y preparación de la boda la habían hecho ellos y la familia. Era tradición francesa. Nos sentamos todos, para luego volvernos a levantar cuando sonó la música que indicaba la entrada de Lucía. Estaba radiante.

Entraba del brazo de su padre, mi tío. Nos volvimos a sentar y empezaron con la ceremonia. Casi me duermo mientras el alcalde explicaba lo que significaba la palabra *amor*. Cuando por fin acabaron, fuimos a sentarnos a unas mesas redondas decoradas con centros de flores. Había una tarjeta que indicaba el sitio donde cada invitado tenía que sentarse. Por suerte, me tocó con mis padres, mi hermana, mi abuela, William y mis dos amigos.

Nos sirvieron un montón de platos y bebidas de todo tipo. Luego apartaron las mesas y el césped se convirtió en la pista de baile. Toda la música que ponían era actual, menos mal. Sirvieron *champagne*, cava y sidra a los invitados. Mucha gente hacía corrillos y hablaban. Natalia, Javier y yo nos apartamos.

—¿Cómo lo estáis pasando? —preguntó Natalia por encima de la música.

No escuché lo que Javi le respondía. Sentí que todo mi cuerpo se paralizaba.

—¡Madre mía! No puede ser verdad lo que estoy viendo —exclamé sin tan siquiera pestañear.

—¿Qué pasa? —preguntó Natalia mirando a todas partes.

—Allí —señalé al frente.

Una pareja no invitada se había unido a la fiesta. Al otro lado de la pista de baile estaban Patry e Idrick. Iban vestidos para la ocasión. Patry llevaba un vestido corto azul oscuro y cogía a Idrick por el brazo, quien iba con un traje y corbata. Patry nos miró y sonrió. Le dijo algo al oído a Idrick y también nos miró sonriente. No los perdíamos de vista. Natalia fue directa a mi abuela y William, vimos cómo les hablaba y vinieron a paso rápido hacia nosotros.

—Vamos a mi coche. Os cambiareis e iréis tras ellos. —Me agarró de las muñecas mi abuela.

Del maletero sacó ropa casi idéntica a la que nos pusimos para combatir a un dunlop. Javier y yo nos fuimos a la penumbra a cambiarnos y Natalia lo hizo dentro del coche. Cuando los tres estuvimos listos, nos dieron nuestras respectivas armas. Enseguida vino corriendo Jessica.

—Se han ido hacia el callejón oscuro, a tres calles más abajo —nos informó.

—Iréis tras ellos. —Nos miró William serio.

—Pero… ¿tenemos que matarlos? —preguntó Javier con la voz un poco temblorosa.

—En defensa propia, si es necesario… —contestó William.

Corrimos en dirección al callejón. Oímos gritos en la calle contigua y enseguida llegamos donde nos había dicho Jessica.

# 9

# EL CALLEJÓN DE LAS RATAS

El callejón era oscuro y estrecho. Estaba entre dos bloques de edificios sin ninguna ventana que diese a ese callejón. Había cloacas y ratas, muchas ratas. Eran grandes y sucias, con los ojos rojos saltones enseñando sus dos dientes largos, dispuestas a atacar.

Me coloqué en el centro, un poco más adelantado que mis amigos. Al final del callejón estaba Patry. Inconfundible. Se había cambiado de ropa e iba idéntica a mi sueño. Mi pesadilla. Si no recordaba mal y el sueño era una premonición tal y como había advertido William, Natalia empezaría a correr y Patry la estrujaría entre sus delgados brazos. Y así fue.

Natalia empezó a correr hacia Patry, la cual se fue hacia la izquierda sin abandonar esa sonrisa de medio lado. Involuntariamente, como si quisiera protegerla de ella, empecé a correr seguido de Javi. Cuando giramos la esquina, Patry ya estrujaba a Natalia. Ella empezó a gritar de puro dolor.

—¡Natalia! —exclamé fuera de mí.

Javi llegó e Idrick de un momento a otro estaba tras él agarrándole el cuello. Le estaba ahogando. Eso no tenía que pasar.

—¿A quién salvas? ¿Eh? —murmuró Patry entre dientes con la mirada afilada—. A ambos no te va a dar tiempo.

Natalia seguía gritando y antes de que pudiera ni tan siquiera reaccionar la cogió de los brazos y la tiró hacia atrás, al igual que hizo con aquel chico. Corrí hacia donde iba caer y por suerte fui lo bastante rápido para cogerla cuando faltaban escasos centímetros para que tocase el suelo. Estaba bien. Menos mal. Estaba bien. La apoyé en el suelo con suavidad para ir a ayudar a Javi, pero de repente vi cómo Patry e Idrick salían despedidos contra el muro que tenía detrás. Mi hermana no andaba muy lejos, pero también estaba usando su poder de invisibilidad, así que me era imposible localizarla.

Natalia estaba intentando incorporarse, Javi tosía de rodillas y agarrándose del cuello y yo sentí cómo toda mi rabia irradiaba hacia las manos. Era la tercera vez que me quedaba paralizado delante del peligro y no hacía nada. Eso debía cambiar.

Me quedé mirando los rostros de Patry e Idrick al borde del ahogamiento contra la pared. Se agarraban de la garganta y golpeaban sus pies contra el muro intentando zafarse del inigualable poder que poseía Jessica.

Apreté los puños antes de decir:

—Suelta a Idrick.

Automáticamente cayó al suelo.

Estaba enfurecido y no estaba dispuesto a quedarse de rodillas ante mí, pero el impacto del poder de Jessica lo había debilitado.

—¿Acaso esto es un juego para vosotros? ¿Eh? —Idrick me sonrió con malicia sin responder—. Vais a parar esta actividad demoníaca ya mismo. ¿Me habéis entendido?

—O sino ¿qué? —consiguió balbucear a través de su sonrisa.

—Moriréis aquí y ahora.

Cambió el peso de un pie a otro y se abalanzó contra mí. Me propinó un rodillazo que no llegó a hacerme daño. No el suficiente como para que no le diera yo un fuerte puñetazo en la sien izquierda. Y otro en la derecha. Me volvió a mirar y parecía desorientado, pero seguía retándome con su semblante. Intentó darme un cabezazo, pero mi puño impactó contra su boca antes. Se agarró del labio y empezó a sangrar. Sangre negra.

—¡Basta! —balbuceó Patry sin aire—. Nos... —tosió— nos vamos.

En cuanto Jessica la soltó, cogió a Idrick por el brazo y desaparecieron.

—¿Siguen aquí? —le pregunté a Natalia por si se habían hecho invisibles.

—No.

En ese momento me giré para verlos. En la penumbra pude comprobar que Javi tenía el cuello rojo y que Natalia tenía cardenales, algunos con un poco de sangre. En ese momento Jessica se hizo visible de nuevo.

—Muy bien hecho, Jessy —le dije tendiéndole la mano para chocarla.

—Lo mismo digo. —Me chocó la mano sonriendo—. No lo has hecho tan mal como esperaba.

—¿Nos ponemos en marcha? —preguntó Javi.

Volvimos por donde habíamos venido. La calle estaba en silencio y oscura, solamente la iluminaba la tenue luz de las farolas. A medida que nos acercábamos al salón de banquetes se oían más altos los gritos de júbilo y la música a tope.

No pude evitar preguntarme si había hecho bien en dejar escapar delante de mis narices a Patry y a Idrick teniéndoles tanta ventaja en ese momento. Ambos eran asesinos y seguidores de Satanás, pero la verdad era que en el momento ni siquiera se me pasó por la cabeza acabar con la vida de dos personas. Yo no era así. Aunque tampoco era alguien que fuera dando puñetazos en un callejón. ¿Significaría eso que un día mataría y, además, no me parecería extraño?

En ese momento, en mitad de la acera como si fuera una advertencia, encontramos el cadáver de un hombre. Un hombre muerto que no yacería en mitad de la calle si yo hubiese terminado mi trabajo. Todos emitimos una especie de chillido ahogado, menos Jessica que se acercó a mirarle la gran herida que recorría su cara antes de decirnos:

—Os acostumbrareis.

# 10
# LA NOTICIA

Nada más llegar a casa me di una larga y fría ducha para quitarme ese olor dulzón que desprendían los demonios e intentar que la imagen del hombre muerto se fuera por el desagüe. Fui incapaz.

Al día siguiente me levanté pronto para ir al instituto. Solo de imaginarlo ya estaba cansado. Pensar que hacía tan solo una semana no tenía esta superfuerza y que era completamente ignorante de lo que el futuro me deparaba referente a los demonios. Tenía la sensación de que hacía mucho tiempo que mi vida ya no era normal, me sonaba como si ya hiciera años que hubiera cambiado. Me vestí muy rápido y bajé a desayunar. Encendí la televisión para intentar distraerme, pero fue imposible:

—Ha aparecido otra persona muerta con las mismas señales de violencia que la hallada hace tres días. Los dos eran altos cargos del Ayuntamiento. Se está investigando si pudiera ser un asesino en serie —informó la reportera en una conexión desde la calle.

En las imágenes pude ver que se trataba de los dos hombres que habían matado Patry e Idrick. En ese momento llamaron a la puerta y apagué la televisión. Era Natalia, con esa bonita sonrisa que siempre tenía. A su lado estaba Javier, cosa que me extrañó.

—¿Qué haces tan pronto despierto? Normalmente te levantas tres minutos antes de que suene la campana —le dije con tono divertido a mi amigo.

—¿Verdad? Cuando me ha llamado no me lo podía creer —se unió Natalia con la sonrisa aún más amplia.

—Ja-ja, muy graciosos. He madrugado porque tenía que contaros algo muy importante, pero si no queréis oírlo… —contestó sin muchas ganas de bromas dando dos pasos para atrás.

—Dice que ayer nos quería contar una cosa, pero que al estar tus padres no pudo hacerlo —me explicó Natalia.

—Gracias por quitarle toda la emoción a mi historia —se quejó Javi con los brazos en jarras—. Bueno, ayer pude leer los pensamientos de Patry, pensó que íbamos a pagar muy caro lo que habíamos hecho. Se esforzó por memorizar nuestras caras y los poderes que habíamos demostrado delante de ellos. En realidad no era más que una emboscada para ponernos a prueba y ver si teníamos experiencia y cuáles eran nuestros dones.

Nos pusimos en marcha hacia el instituto.

—Acabo de ver las noticias y estaban hablando de los dos hombres que mataron Patry e Idrick. Se ve que eran altos cargos del Ayuntamiento. Investigan si se trata de un asesino en serie.

Ya habíamos llegado al instituto. Natalia aligeraba nuestro paso con su rapidez. Cuando entramos vino Nerea corriendo hacia nosotros y tuvimos que dejar de hablar del tema.

—¿A qué no sabes qué? —le preguntó a Natalia muy emocionada.

—No. ¿Qué ocurre? —preguntó interesada.

Tras ella había un enorme corrillo de estudiantes que cuchicheaban sin mucho disimulo. No estaba de humor ni para cotilleos ni para escuchar la estridente voz de Nerea de buena mañana.

—Ha venido un nuevo profesor de Naturales. No sé qué le habrá pasado a la anterior, pero da igual. Aún no nos ha dado clase, pero ya me encanta —explicó ilusionada.

—¿Por qué? —preguntó Natalia aún más interesada.

—Mira… allí —señaló Nerea la entrada.

Me fijé en el corrillo. Había chicos y chicas de todas las edades, incluso pude distinguir a la profesora de Matemáticas comentando con unas alumnas de manera acalorada. Rodeaban a un hombre. Era alto, fuerte y con la piel blanca. El cabello era castaño rojizo, el cual llevaba recogido en una pequeña coleta. Diría que era bastante joven, no parecía que hubiese cumplido ni tan siquiera los treinta y tres.

—¿Es ese? —Se le escapó una sonrisa a Natalia.

—Sí. ¿A que es guapo? —Se llevó la mano al pecho.

Natalia me miró de reojo una milésima de segundo. ¿Me había mirado o me lo había imaginado?

—No está mal —se limitó a contestar—. ¿Qué nos toca ahora?

—¡Naturales! ¿No te parece maravilloso? —preguntó Nerea teatralmente.

# 11
# EL NUEVO PROFESOR

Entramos a nuestra clase, que raramente estaba llena. No había faltado nadie. La mayoría de las chicas estaban entusiasmadas hablando entre ellas de lo «guapo» que era el nuevo profesor. Los chicos, por el contrario, lo criticaban diciendo que «no era para tanto» con soplos llenos de envidia.

Mientras me sentaba me pregunté qué le habría pasado a nuestra profesora. ¿Iba a desaparecer todo el mundo en este pueblo? La última vez que la vimos no parecía ocurrirle nada malo. Y ¿cómo el suplente había llegado tan pronto?

—¡Que ya viene! —gritó un compañero que estaba vigilando asomado en la puerta.

De inmediato todos se sentaron en sus respectivos sitios. No se oía ni una mosca volar. Se abrió la puerta y allí estaba él.

Había que reconocer que era deslumbrante. Tenía una gran sonrisa y lucía unos dientes blancos y perfectos. Imponía mucho. Se podía escuchar alguna que otra risa ahogada de varias compañeras. Cruzó la clase en dos zancadas y se sentó encima de su mesa sin dejar de sonreír.

—Buenos días a todos. Me llamo Axel y soy vuestro nuevo tutor y profesor de Naturales. Ya he leído vuestros expedientes y os conozco mejor de lo que os pensáis, así que espero que nos llevemos bien, porque creo que no os gustaría verme enfadado —nos explicó mirándonos a cada uno—. Bueno… ¿Alguien puede decirme por qué tema vais?

Nerea levantó la mano y Axel le hizo la señal de que podía hablar.

—Vamos por el tema siete —indicó acabando con una sonrisa tonta.

—Muy bien, pues vamos a continuar por donde lo habéis dejado.

Se giró y empezó a escribir un millón de números. Estaba dando Matemáticas.

—Perdón, se ha equivocado. Nos tiene que dar Naturales —señaló una de mis compañeras.

—Claro, os estaba tomando el pelo. Era para ver si estabais atentos. ¿Me dejas el libro? —le preguntó a Natalia.

—Sí, aquí tiene. —Se lo tendió.

La miró largamente.

—Tus ojos son bastante extraños. Nunca había visto ese color verde —observó Axel cogiendo el libro.

—Según la luz son de un color u otro —contestó Natalia con un hilo de voz.

—Por supuesto.

Y dicho eso se giró y empezó a dibujar miles de garabatos por toda la pizarra explicando de manera amena y ligera. Cuando hablaba no se le podía prestar atención a otra cosa que no fuese él. Hasta a los que les daba todo igual le atendían. Los cincuenta y cinco minutos se nos pasaron volando, no nos dimos ni cuenta y la música por el megáfono ya nos señalaba el fin de la clase.

—Bueno, hoy por ser mi primer día no os pongo deberes. He de decir que no esperaba tanta atención por vuestra parte. Estoy muy contento —dijo recogiendo sus cosas y machándose.

—Ahora me gusta aún más. —Se acercó Nerea a Natalia.

—Sí, pero ¿no te ha parecido un poco extraño? —le preguntó Natalia.

—No, aunque me parece que se ha fijado en ti. —Nerea le dio una palmadita en la espalda.

—No sé si alegrarme —contestó Natalia recogiendo sus cosas.

—Pues alégrate, menudo profesor… —murmuró Nerea medio soñando.

—Si tú lo dices…

Salimos todos juntos, menos Nerea que se quedó recogiendo sus cosas. Nos dirigimos hacia la otra aula.

—¿Qué os ha parecido? —les pregunté.

—Interesante —se limitó a decir Natalia.

—Presumido —opinó Javi.

—¿Y eso? ¿Tienes celos? —se burló Natalia.

—¿Cómo voy a tenerle celos a *ese*? —contestó Javi enfadado.

Cuando acabamos de bajar las escaleras, Axel se acercó a hablar con Javi.

—¿Tú eres Javier, verdad? Tengo un parte de la profesora de Sociales. —Y leyó en voz alta—: «No hace los deberes». —Se lo dio—. Espero que a partir de ahora las cosas cambien y se acaben los partes. —Se fue.

—¿Qué? ¿Por la semana pasada no haber hecho los deberes?

—A ver, dame eso. —Le cogió la hoja Natalia y la miró con asco—. Así que… así es un parte. —Se lo devolvió.

—Hoy estás tan graciosa —contestó Javier guardándolo.

# 12

# ALEN

En comparación a la clase de Naturales todas las demás nos resultaron pesadas y aburridas. Cuando acabamos fuimos los tres a casa de mi abuela, pero por el camino, bajo un cielo encapotado, vimos a Patry. ¡¿Otra vez?! Nos escondimos detrás de un todoterreno. No estaba sola, estaba con un chico joven y muy blanco de piel, tanto que me recordaba al blanco de una hoja de papel. Este llevaba a rastras a… ¡nuestra profesora de Naturales! Estaba sudorosa y sucia. El pavor que sentía se podía ver incluso a distancia.

—Muy bien, Alen. Ya sabes lo que tienes que hacer —le indicó Patry.

—Sí, ama —contestó agachando la cabeza.

—¡No! ¡No! Por favor, dejadme. ¡No he hecho nada! —gritó mi tutora.

—A partir de ahora aún harás menos —sentenció Patry.

Le hizo un gesto a Alen para que prosiguiera. Este le puso una mano en la parte derecha del cuello, se la acercó a la boca y la mordió. Alen era el primer vampiro que veía. O que yo era consciente de que era un vampiro. Y estaban ahí a plena luz del día. Contuvimos el aliento. Estaban asesinando a nuestra profesora ante nosotros. Él al final se apartó, pero ella seguía inmóvil.

—Vamos, tengo ganas de irme a casa. —Suspiró la hija de Satanás.

Cogió a mi tutora en brazos y desaparecieron. Cuando ya estuvimos seguros de que se habían marchado nos incorporamos.

—¿Qué querrán de ella? —preguntó Natalia nerviosa.

—No mucho si la han matado —contesté.

—Pero no lo entiendo, a todos los que han matado los han dejado aquí. ¿Por qué a ella sí se la llevan? —preguntó Natalia pensativa.

—No lo sé, pero ¿podemos irnos ya, por favor? —rogó Javi escondido detrás de mi amiga.

—¿Le has leído el pensamiento a Patry? ¿O a Alen? —Le miré intensamente.

—No me he atrevido. —Tragó saliva—. Lo he pensado, pero aún no controlo este poder del todo. Temía que si me permitía escuchar los pensamientos de Patry se colaran los de la profe y... no quiero saber lo que alguien piensa viendo ante ella la muerte.

Asentí lentamente entendiendo perfectamente su temor. Natalia le apretó el hombro con cariño.

Fuimos a casa de mi abuela y los tres nos recibieron en la entrada con cara muy seria.

—¿Qué ocurre? —pregunté dejando la mochila.

—Hay demasiada actividad demoníaca desde esta mañana. Algo o alguien ha salido del submundo, y no me refiero a un cualquiera, sino a alguien con mucho poder.

—Acabamos de presenciar cómo Patry y un vampiro han matado a nuestra profesora de Naturales —expliqué casi sin voz.

—Justo esta mañana ha llegado un nuevo profesor de Naturales como suplente de nuestra tutora, aunque, pensándolo bien, ahora se quedará hasta final de curso —secundó Natalia.

—No os fieis de él, por si acaso. Parece que los demonios están detrás de esto. —William se puso serio.

Elisa y William se miraron largamente como si estuvieran manteniendo toda una conversación.

—Creo que tendremos que contarles lo de Agnes —comentó William.

—¿Qué? Pero... —balbuceó mi abuela.

—¿Quién es Agnes? —pregunté receloso.

—Entremos en casa. Está empezando a llover. —se levantó William con un largo suspiro.

# 13

# LA DISCUSIÓN

—Hay mucha gente por el mundo que tiene poderes como vosotros, pero no siempre tenemos la capacidad de saber quiénes son. La más cercana que conocemos se llama Agnes. Tiene el poder de convertir su cuerpo en una gran llama y puede lanzar bolas de fuego como proyectiles —explicó William mirándonos a todos.

—Pues ¡busquémosla! Es un poder genial para combatir a los demonios —propuse energéticamente.

—Será un tanto difícil, porque está internada en un hospital de salud mental —terció él.

—¿Cómo en un manicomio? —preguntó Javi incrédulo.

—Sí, iba por ahí contando lo que era capaz de hacer y acabó internada. Hace cuatro años que está allí —nos aclaró William.

—Pues saquémosla del hospital. No está loca, decía la verdad —volví a proponer con decisión.

—No —negó mi abuela contundentemente.

—¿Por qué no? —Apoyé los brazos sobre las rodillas.

—Porque no y punto. —William se quedó mirándola—. No. Lo mejor es que Agnes se quede justo donde está.

—Abuela, nos podría ayudar. Nosotros no vamos a poder hacer frente a los demonios solos —intenté convencerla.

—Agnes está loca —me volvió a repetir. Se apretó el puente de la nariz—. Ella no hará nada por nosotros.

—Pero si me acabas de decir que la encerraron allí por contar lo de los poderes y es cierto que los tiene —repetí.

—Aun así no es de fiar.

—Hay algo más y no lo quieres decir —le reté.

—Tú no la conoces. Yo sí. No hay más que decir. Fin de la discusión. Ahora os podéis ir a casa. Se cancela el entrenamiento de hoy. Haced los ejercicios para controlar vuestros poderes. —Miró a mis amigos poniéndose en pie.

—Muy bien. —Me incorporé enfadado.

Cogí la mochila y me fui. Llovía a cántaros.

—¡Ángel! —oí que gritaban detrás de mí.

A los dos segundos tenía delante a Natalia.

—¿Por qué te has enfadado con tu abuela? Solo quiere protegernos. Ella sabe mucho sobre este mundo mágico.

La aparté lo más suavemente que pude para así poder seguir mi camino a casa.

—¿Ahora te enfadas también conmigo? —exclamó quedándose atrás.

Me giré para poder verla y ella vino y me abrazó. Me quedé paralizado con sus brazos alrededor de mi cuello.

—Esto es duro para todos y necesitamos estar unidos. Creo en ti, Ángel. Te ayudaré a buscar a Agnes si es lo que quieres.

En ese momento yo también la abracé. Era mi mejor amiga y… la quería mucho.

—Yo también. —Alzó la mano Javi, a quien no había visto llegar.

Natalia se apartó de mí y sentí un vacío en el pecho.

—¿Nos vamos? Cada vez llueve más.

Nos pusimos en marcha. El primero en llegar fue Javi, después Natalia y yo me quedé solo en la calle. Miré hacia todos lados y no vi a nadie. En ese momento grité con todas mis fuerzas. Tenía mucho que soltar. Entonces escuché chapotear en un charco.

—¡Ángel! ¡Te has ido sin mí! —Apareció mi hermana sin aliento.

Me giré y vi que estaba sola.

—¿No te ha traído la abuela con la que está cayendo? —le pregunté extrañado.

—No hace falta, volvemos juntos. La abuela no se encuentra bien y no es necesario hacerla salir para que me acompañe. Además, sé cuidar de mí misma.

Me quedé mirándola y una sonrisa surgió de mis labios. La agarré de los hombros y corrimos a casa.

# 14
# CON MI HERMANA

Me sequé un poco con la primera toalla que pillé en el baño de abajo y me fui a la cocina a intentar hacer algo medianamente decente para comer. ¿Qué podía hacer yo? Se me quemaba hasta el agua. Decidí no darle más vueltas, ya que solo era para mi hermana y para mí. Cogí lo primero que pillé e hice un sándwich para cada uno.

—Veo que no te has calentado mucho la cabeza. —Miró el plato.

—Créeme, es lo mejor que podrías comer haciéndolo yo. Te aseguro que está buenísimo.

Nos sentamos en el sofá. Encendimos la televisión y estaban las noticias. Cuando iba a cambiar de canal, mi hermana me quitó el mando.

—Espera un momento.

Y la presentadora de los informativos decía:

—Los familiares de Sandra López denuncian su desaparición. La profesora de instituto hace más de 72 horas que se encuentra en paradero desconocido. Los familiares están muy preocupados, ya que el instituto donde trabaja está en la zona donde han sucedido varios asesinatos que la policía está investigando.

—Lo que aún no entiendo es por qué la han matado y luego se la han llevado —comenté.

Recogimos y lo dejamos todo en la cocina. Cada uno fuimos a nuestras habitaciones a hacer los deberes. Después de dos horas ya había terminado, aunque no tenía ninguna fe en que nada de lo que había escrito estuviera bien. No podía dejar de pensar en Patry e Idrick contra el muro el día anterior, el cadáver en la calle, el vampiro chupándole la sangre a mi profesora. Volví a retomar el mal hábito de morderme las uñas, me fue inevitable.

Fui a ducharme y cuando terminé oí que mis padres ya habían llegado. «Qué pronto», pensé. Bajé y allí estaban, en el comedor.

—Hola. ¿Qué tal el día? —me preguntó mi madre.

—Bien —me senté en el sofá—, tenemos un nuevo profesor de Naturales.

—¿Ah, sí? ¿Qué ha pasado con la anterior? —preguntó ella confusa.

—La abuela nos ha dicho que no habéis comido nada en su casa. Habéis comido algo aquí, ¿no? —intervino mi padre antes de que pudiera responder.

—Sí —respondí sin más.

—Los sándwiches estaban muy buenos —se burló Jessica bajando las escaleras.

# 15
# EN EL INSTITUTO

Al día siguiente hacía un sol deslumbrante a pesar de la tormenta del día anterior. Como todos los días, Natalia vino a recogerme. Fuimos al instituto y en la puerta nos encontramos con Javier.

—¿Qué te pasa últimamente que eres tan puntual? —preguntó Natalia con un poco de mofa.

—¿Has visto? Me estoy renovando —contestó él sonriendo.

En ese momento vimos venir a una chica rubia gritando hacia nosotros. Dos segundos más tarde me di cuenta de que era Nerea.

—¿Qué te pasa? —se alarmó Natalia.

—Hoy nos toca Naturales —contestó entusiasmada.

—¿Desde cuándo te gusta tanto Naturales? Pero si era la materia que más odiabas —Levantó una ceja Natalia.

—Porque no tenía motivación alguna. —Suspiró largamente—. Venga vamos, que ahora tenemos que ir a echar la siesta en

Matemáticas, a mirar las musarañas en Castellano y luego, luego tenemos ¡Naturales! —Volvió a la euforia.

—Menudo planazo —me burlé entre dientes.

—Sí, pero tú no estás invitado, listillo —me contestó Nerea cogiendo a Natalia del brazo con fuerza.

«Como si realmente quisiera», pensé.

—Bueno, yo me saltaré lo de la siesta y las musarañas. —Sonrió Natalia.

—Como quieras, yo seguiré con el plan. Y si después de Naturales me aburro, me buscaré bronca con la de Sociales —comentó Nerea más tranquila.

—Perfecto. —Le dio un golpecito en la mano Natalia mientras sonaba la sirena—. Bueno, según el plan, a Nerea ya le toca la siesta.

Pasaron las dos clases muy aburridas y luego nos tocó Naturales. Vi cómo Natalia entraba con los ojos en blanco, con aspecto de estar harta de algo. Cuando entró detrás de ella Nerea, las dudas se me disiparon. Iba gritando y dando saltitos. Realmente Natalia tenía mucha paciencia. Se sentó en primera fila delante de mí.

—¿Qué tal te va con la grititos? —le pregunté por lo bajini.

Se giró con el ceño fruncido y me contestó igual de bajo:

—Llevo desde esta mañana con su grito metido en la cabeza. No se calla ni debajo del agua.

—Parece que lo sepas. —Le sonreí sin dejar de susurrar.

—Acabo de hacer la prueba. Estábamos en el baño y le he tirado agua y ni así paraba —resopló Natalia realmente harta.

Me reí al imaginármelo.

—Por cierto, he llamado a William hace un rato para decirle que a mediodía quería pasarme por su casa para que me recomiende algún libro, pero en realidad era una excusa para que hoy se quedara en su casa y poder buscar información de Agnes una vez allí. No ha sospechado nada.

—¡Que viene! —gritó Nerea.

Fue corriendo esquivando compañeros, mesas y sillas hasta llegar a primera fila al lado de Natalia.

—Vale, perfecto —le susurré antes de que se diera la vuelta.

—Buenos días —saludó Axel, y como el día anterior en dos zancadas estaba en su mesa—. Espero que no vengáis muy cansados como, por ejemplo, Alberto.

Cuando nos giramos lo vimos en la última fila en una esquina con la cabeza contra el pupitre. Axel fue hacia él.

—¡Alberto! —le gritó.

Levantó la cabeza precipitadamente.

—No estoy dormido. Estoy deprimido —aclaró mi compañero.

—¿Por qué? —preguntó el profesor.

—Porque me acabo de enterar de que estaremos aquí en el instituto como mínimo hasta los dieciséis —contestó.

—Eso no es nada. Nosotros estamos hasta los sesenta y siete. —Se oyeron risitas de varios compañeros—. Si quieres estar fuera del instituto lo antes posible, te sugiero que no te duermas, al menos no nada más empezar la clase. Dame aunque sea una oportunidad. —Volvió a su mesa y se giró hacia Natalia—. ¿Por dónde íbamos?

# 16
# EL ENGAÑO

El resto de la jornada pasó bastante rápido. Al final nos reunimos los tres en la puerta de entrada del instituto.

—¿Qué hacemos? —preguntó Javi.

—Vayamos a casa de William a probar suerte. Quizá allí encontremos información sobre Agnes. —Levanté los hombros.

—Vale, a casa de William. —Natalia nos sonrió—. Seguidme el ritmo, si podéis.

Al segundo ya no la veíamos por ninguna parte. Javier y yo empezamos a correr, pero ya no la alcanzamos. Ni siquiera vimos su imagen desdibujada corriendo. Parecía que se había volatilizado. A los pocos minutos llegamos y ahí estaba ella apoyada en la pared como si nada.

—Pues sí que habéis tardado. Os recordaba más rápidos —se burló.

—Sí, lo éramos cuando tú no ibas a la velocidad de la luz —se quejó Javi hiperventilando.

Llamé a la puerta por si William estaba en casa.

—Natalia, cuando abra, distráelo mientras yo busco en su escritorio la dirección de la clínica psiquiátrica —le indiqué.

—¿Y yo qué hago? —preguntó Javier.

Nos quedamos mirando.

—Lo que quieras —le dije volviendo a llamar.

En ese momento William nos abrió. Habíamos tenido suerte de que estuviera en casa.

—¡Qué sorpresa vosotros tres por aquí! —exclamó encantado de vernos en su hogar.

—Hola, William —saludó Natalia entrando dentro de la casa como si nada—. ¿Te acuerdas del libro que ibas a dejarme?

Entramos también nosotros.

—Sí, *Prométeme que serás libre*, de Jorge Molist —le sonrió de vuelta William.

—Ese, ese —carraspeó cambiando el peso de un pie a otro—. Pero… no recuerdo de qué iba.

—Mejor, ¿no? Así lo descubres sobre la marcha. Te va a encantar. —Se dirigió hacia la biblioteca.

Le abrí los ojos a Natalia de par en porque me miraba con un gran interrogante bajo las cejas.

—Pero… cuéntame un poco ¿no? Por… situarme.

—¿Segura? —Se giró para mirarla extrañado.

—Sí, sí. Destrípamelo.

Fue entonces cuando aproveché para escabullirme arriba en busca de la dirección.

Rebusqué entre los cajones de la mesa, agendas, libretas y papeles arrugados, pero nada. Me paré a pensar. «Si yo fuera William y guardara una información así, ¿dónde la escribiría?». Seguí mirando por las estanterías, pero eran colecciones de enciclopedias de historia natural. Empecé a ponerme nervioso.

¿Cuánto tiempo podría retener Natalia a William hablando de Jorge Molist?

Me fijé en que justo al lado del sillón de piel y una lámpara de pie había un revistero. Entre revistas científicas y algunos números del National Geographic había una guía de teléfonos de Páginas Amarillas. La cogí y la apoyé en mis rodillas. Menos mal que siendo pequeño aprendí cómo usar una guía.

Busqué a alguna tal Agnes, pero no encontré nada relevante. Me devané los sesos pensando. Fui a la C. Busqué centros hospitalarios. No. Pero vi que había una clínica subrayada en boli negro. Una clínica psiquiátrica. Cogí un papelito y apunté los datos.

—Ponme uno más, Natalia.

Cuando bajé me encontré a Javi con tres libros en la cabeza manteniendo el equilibrio y a Natalia añadiéndole un cuarto encima. William los observaba con atención y extrañeza sentado en el sofá.

La conversación sobre libros había acabado antes de lo previsto y como Javi no sabía nada de literatura, encontró otro método de distracción.

—¿Ves? Mi segundo poder podría ser el superequilibrio —siguió Javi.

Cuando Natalia apoyó el cuarto libro, se cayeron todos al suelo.

—Tendrás que seguir buscando. —Forzó una sonrisa William.

—Bueno ¿qué? ¿Nos vamos? Tenemos ese trabajo de… células —intervine.

—Sí, sí, nos vamos ya —me siguió el rollo Natalia.

—¿Va en serio? —Me miró Javi atónito.

—Muchas gracias, William. Ya te contaré cuando me lo lea.

—Claro, y te vienes a casa y lo comentamos como siempre. —Le dio un abrazo de despedida.

Casi no habíamos ni cerrado la puerta cuando Javi ya me preguntó:

—¿Lo tienes?

—Sí, creo que sí.

# 17
# EL MANICOMIO

Caminamos hasta llegar a una calle bastante a las afueras. No había nadie a quien poder preguntar.

—¿Y ahora qué hacemos? —preguntó Natalia harta de andar sin rumbo.

—Preguntemos —propuso Javi.

—¿A quién? —Abrí los brazos desanimado.

—Pues a ese perro, ¿veis alguien más por aquí? —contestó muy seguro de sí mismo.

—Cuando encontremos la clínica podrías quedarte allí —replicó Natalia incrédula.

Javier hizo caso omiso a Natalia y se fue en busca del perro salchicha que estaba atado a una farola enfrente de una floristería.

—Hola, perro. Disculpa… es que no sé cómo te llamas. ¿Podrías decirme dónde se encuentra la clínica psiquiátrica?

El perro empezó a ladrar. Javi aguardó unos minutos escuchándolo estupefacto.

—¿Sí? No me lo puedo creer. —Javier se llevó las manos al pecho.

—¿Qué ocurre? —pregunté desconcertado.

—Increíble. Me ha dicho que su novia, una caniche con un pelaje inigualable, se ha quedado embarazada del chihuahua del quinto. ¡El mundo está loquísimo! ¿Es que ya nadie cree en el amor? —El perro siguió ladrando—. ¡Obvio! Yo de ti también estaría enfadado.

Natalia suspiró con pesadez:

—¡Javi! ¡El centro psiquiátrico!

—Vale, vale, no te enfades. ¿Puedes decirme dónde está el manicomio, por favor? —volvió Javi a preguntar.

Estuvo un rato escuchando y luego dijo:

—Vale, dice que no vamos muy desencaminados. Tenemos que ir hasta esa esquina, luego girar a la derecha y toda la calle hacia abajo. Nos encontraremos con un descampado y tenemos que cruzarlo. Seguimos otra vez hacia abajo y veremos un edificio grande. Ese es —explicó Javi señalando la dirección—. Además, dice que es un muy buen sitio para hacer pis porque hay muchas farolas.

—De acuerdo, pongámonos en marcha. —Me puse a andar.

—Adiós, Chuspi. Y lo siento, amigo —se despidió Javi.

—¿Chuspi? —preguntó Natalia.

—Así es como se llama —aclaró Javi como si no fuera obvio—. Me ha dejado destrozado con el tema de Espuma.

—¿Espuma? —pregunté con una mueca.

—Sí, su novia, la que se ha quedado embarazada del chihuahua del quinto. Es que no os enteráis de nada, ¿eh? —inquirió él.

No tardamos mucho en llegar. Lo encontramos enseguida gracias a las indicaciones de Chuspi. Era un edificio blanco, solitario y no tan grande como lo había imaginado. Estaba rodeado de vallas, las cuales en la parte superior tenían alambrada con púas. Se veían fácilmente las cámaras que había colgadas de las paredes. Llegamos hasta una gran puerta de hierro y llamamos al timbre.

—¿Quién es? —preguntó una mujer por el telefonillo.

—Veníamos para ver a una familiar que se encuentra aquí internada —dije arrimándome al telefonillo.

—¿Tienen cita?

—No, no sabíamos que necesitábamos cita. —Se hizo un gran silencio. No parecía que nos fuera a abrir—. ¿Sigue ahí?

Suspiró:

—Pasen.

Entramos por el camino asfaltado. Observé que, a parte de las cámaras de vigilancia, también había focos para iluminar en la noche. Entramos al gran recinto, pasamos por una máquina de rayos x en la que nos hicieron pasar por detectores de metales y vaciar la mochila. Al fondo había una mujer con el pelo tintado de rojo y con unas minigafas. Tecleaba muy rápido en un ordenador aparatoso y antiguo. Nos dirigimos hacia ella.

—Buenas tardes, veníamos a visitar a una familiar —empezó Javier con un tono educado y señorial que jamás le había escuchado.

—Sí, acabáis de hablar conmigo por el telefonillo —nos dijo ella. Nos tendió una hoja a cada uno—. Tenéis que poner ahí vuestros datos.

Natalia y yo con una mirada nos entendimos. Le di una patada a Javi, que ya estaba empezando a apuntar sus datos de verdad. Me miró extrañado y le grité mentalmente: «¡Invéntatelo!». Asintió como si le acabara de revelar algo grandioso, contempló su hoja y luego a la mujer.

—¿Me da otra, por favor? Me he equivocado. —Tragó saliva.

—¿Poniendo tus datos? —Le observó por encima de las gafas.

—Sí.

Se quedaron mirándose y finalmente le tendió otra hoja.

—¿A quién venís a ver? —redirigió el tema mirando la pantalla de su ordenador con tono cansado.

—A Agnes —respondió Natalia con una naturalidad fingida, como si Agnes no tuviera apellidos.

Temí que nos hiciera más preguntas, pero en su lugar nos miró largamente por encima de las gafas con los ojos abiertos de par en par.

—¿Agnes? —repitió ella.

—Sí —contesté escuetamente.

—¿Estáis seguros de que queréis verla?

La señora estaba alucinada.

—Sí. —Tragué saliva.

Entró por la puerta que estaba situada detrás del escritorio. En ese momento Javi se escurrió hasta la pantalla de su ordenador.

—¿Qué haces, cotilla? —le susurró con fuerza Natalia.

—Está en una de esas páginas para encontrar pareja. No sabéis la de mentiras que he escuchado en su mente que se está inventando.

Se apartó rápidamente en cuanto vio que la puerta se abría.

—Aquí tenéis. —Nos tendió una tarjeta—. Debéis ir al fondo del pasillo, llegaréis a unas escaleras, las subís y al fondo otra vez, giráis a la derecha. La habitación es la 41. Y coged esto también.

—¿Qué es? —examiné el aparatito en mi mano.

—Una alarma. Por seguridad. Si va mal podéis pulsarlo e irán a ayudaros. —Se sentó de nuevo—. Tenéis veinte minutos.

Cuando estábamos a punto de llegar noté cómo se me aceleraba el corazón. La habitación estaba aislada de las demás. A la derecha, un cartel marcaba el número 41. Pasamos la tarjeta y una luz verde se encendió. Empujamos y entramos.

# 18

# AGNES

La habitación entera estaba acolchada. En el centro se encontraba una mujer de espaldas sentada con una pierna sobre la otra. Tenía el pelo largo hasta la cintura, negro como el carbón y muy brillante. Parecía que llevaba peluca. Vestía con ropa blanca.

—¿Qué queréis? —habló en un tono monótono y apagado.

Nos miramos entre nosotros. ¿No se iba a girar a mirarnos? ¿Qué hacía? ¿Me presentaba sin más o le decía directamente lo que queríamos? No había tiempo que perder.

—Hemos venido a proponerte algo —articulé nervioso.

—Habla —me apremió.

—Satanás ha vuelto. Necesitamos tu ayuda para luchar contra él —seguí aún más alterado.

Sentía que el sudor frío me empapaba la espalda. Estaba en un psiquiátrico con la chica que mi abuela había dicho expresamente que no debíamos ir a buscar.

—¿Y por qué iba a hacer yo tal cosa? —siguió sin girarse.

—Agnes, te necesitamos —se apresuró Natalia en decir.

—Nadie me necesita.

—Nosotros sí —insistió mi amiga.

—No.

Solo vi una forma para convencerla.

—Quizá... tengas razón. Seguramente tu poder no es tan potente como se rumorea. Ha sido un error venir hasta aquí. Perdona que te hayamos molestado.

—¡¿Que no es tan potente?! —Se puso en pie girándose muy enfadada.

Hizo una gran bola de fuego con la palma de la mano y a los dos segundos me la lanzó. Inconscientemente extendí las manos como si fuera una pelota y la paré a escasos centímetros de la mano derecha.

¡Me había atacado!

Y yo... había capturado su ataque.

Me quedé mirando la bola de fuego flotando a escasos milímetros de mi mano antes de lanzársela de vuelta. Iba directa a su pecho, ella cerró los ojos y una luz, como si fuera una corriente, le subió por los pies hasta la cabeza.

—¿Qué ha pasado? —titubeó Javier detrás de Natalia.

—El fuego me da más energía y más poder. No me hace daño. —Nos sonrió retadora.

—Yo... no sé qué decir. —Suspiré conmocionado. Lo que había hecho era completamente nuevo para mí—. No acabo de entender lo que acaba de pasar.

—Tienes un poder muy potente. Cuando te lanzan cualquier cosa, puedes pararla y devolver el ataque —me aclaró Agnes como si no fuera obvio. Se nos quedó mirando y sonrió con desdén mostrando sus dientes amarillentos—. Llevo años soñando con una llamada a una gran batalla, pero jamás pensé que la recibiría de tres mocosos de instituto con mochilas incluidas.

—¿Quiere decir eso que vendrás con nosotros? —preguntó rápidamente Natalia.

—¿Para qué? No serviría de nada.

—Claro que sí. Tienes un gran poder y nos podría ayudar mucho. La actividad demoníaca no ha hecho más que subir y necesitamos a cuantos más mejor. —Natalia dio un paso hacia ella intentando convencerla.

Nos miró unos segundos con los ojos afilados.

—¿Qué me daréis a cambio? —preguntó con una sonrisa que me estremeció.

—Te proponemos salvar a la humanidad de los demonios ¿y tú nos preguntas qué te damos a cambio? ¿Te parece que *nosotros* tenemos *algo* para dar? —dijo Javi incrédulo.

—Sí. —Amplió su sonrisa.

—¿El qué? —resopló Javi.

—Poder —susurró Agnes punzante.

—Ohh... Quiere poder. —Abrió los ojos Javi sin abandonar su burla.

—Si este grupito consigue deshacerse de muchos demonios, podremos pedir una recompensa a los mandamases. Quiero que esa recompensa me la deis toda a mí. Quiero *poder*.

—De acuerdo —respondí sin más.

No tenía sentido seguir alargando aquella conversación. Mis dos amigos me miraron extrañados.

—En ese caso, os ayudaré. —Su sonrisa se ensanchó.

—Y ahora, ¿cómo vamos a sacarla de aquí? —preguntó Natalia algo abatida.

—Eso dejádmelo a mí —dijo Javier levantándose el cuello de la chaqueta.

Bajamos las escaleras y vimos a la mujer detrás del escritorio. Ella seguía a lo suyo, en la página de contactos. Nos detuvimos en la esquina, escondidos.

—¿Qué piensas hacer? —le preguntó Natalia a Javi en voz baja.

—Seducirla —dijo él muy seguro de sí mismo.

Fue hacia ella con unos andares extraños.

—Madre mía —murmuró Natalia sin dar crédito a lo que estaba viendo.

—¿Esto va en serio? —preguntó Agnes alucinada.

Ninguno de los dos contestamos. Mirábamos cómo Javier avanzaba hacia ella. Parecía un dibujo animado. Cuando llegó se apoyó contra el escritorio. La señora no apartó la mirada de la pantalla.

—Hola, guapa —saludó Javi con una voz que supusimos que para él resultaba seductora.

—¿Desea usted algo? ¿Ha arremetido Agnes contra uno de ustedes? —dijo de manera indiferente.

—Puedes tutearme. Soy Javier, para ti, Javi.

—Muy bien, entonces…, ¿necesitas algo? —Suspiró ella aún más indiferente.

—¿Quieres salir conmigo este sábado? —le preguntó de forma repentina.

—La que se va a armar. —Hundió la cara entre sus manos Natalia.

—¿Qué? —preguntó la señora mirándolo incrédula.

—Ha sido un flechazo. Es imposible que no haya sido mutuo. —La tomó de la mano izquierda.

—No, gracias —contestó apartándole la mano—. Tienes un pelo horrible.

—Todo el mundo con lo mismo. ¿Qué os pasa a todos? —preguntó rompiendo su personaje.

—Además, eres demasiado joven para mí.

—Bueno, tú eres la que busca un hombre que tenga cuarenta años menos que tú —sopló Javi ofendido por no gustarle.

—¿Qué? ¿Has cotilleado en mi ordenador? —se estaba enfureciendo.

—No he podido evitar la tentación. —Alzó los hombros.

—Bueno, creo que ha llegado la hora de actuar —dijo Agnes con convicción.

Giró la esquina y fue hacia el escritorio, donde la secretaria estaba zarandeando a Javi.

—Hasta luego, Concha —se despidió Agnes como si nada.

Natalia y yo fuimos tras ella.

—¿Qué? Tú no te vas. ¡Seguridad! ¡Seguridad! —gritó Concha.

Agnes se giró hecha una furia y vi en su mirada que iba a lanzarle una bola de fuego. Natalia me miró de soslayo antes de correr hacia ella y sacarla de allí en menos de lo que dura un parpadeo.

Antes de que llegara toda la seguridad, Javi y yo ya habíamos salido corriendo. Cuando el grupo de seguratas nos acorraló por delante y por detrás, Natalia nos sacó de allí antes de que ni siquiera pudiéramos pensar en ello.

# 19

# LA CONFESIÓN

Nos encaminamos hacia la casa de mi abuela. Realmente no sabía cómo decirle que habíamos sacado a Agnes de la clínica.

¿Algo como: «Abuela, después del instituto hemos ido a buscar a Agnes» o «Te hemos desobedecido y hemos ido a buscar a Agnes»? Cualquiera sonaba mal. No faltaba mucho para llegar y el corazón me latía muy rápido, tanto que pensaba que se me iba a salir del pecho.

Natalia se percató de mi estado y me cogió de la mano. Le respondí a ese gesto con un pequeño apretón y una sonrisa, agradecido.

El cielo volvió a encapotarse como el día anterior. ¿Significaría algo? No hacía mucho, Elisa dijo que una gran fuerza del mal, como la de Satanás, había salido del submundo. ¿Sería verdad? ¿Estaría *él* por ahí vigilándonos todo el rato? Pensar que podría estar observado día y noche me ponía aún peor.

Llegamos a la puerta. No sabía si llamar o salir corriendo. Natalia percibió mi indecisión y me apretó la mano. Quizá ella también tenía el poder de leer la mente.

—Ya le gustaría a ella. —Rio Javi.

Las dos chicas le miraron extrañadas por el comentario y yo con los ojos como platos. «¡Me estás leyendo la mente!», grité en mi cabeza.

Javier soltó una risita ahogada.

—¿Vamos a pasar mucho rato mirando la puerta? —preguntó Agnes con hastío.

Llamé. Mi abuela abrió. Nos miró a todos. Sus ojos se clavaron como puñales en los de Agnes. El tiempo parecía haberse detenido.

—Ha pasado mucho tiempo desde la última vez que nos vimos. —Agnes rompió el silencio.

—Sí, pero no has cambiado en absoluto —espetó Elisa muy seria.

—Me conservo bien —contestó Agnes con media sonrisa.

Entramos y fuimos hacia el jardín donde estaban William y Jessica. Mi abuela se desvió a la cocina con las manos sobre la cara.

—Ángel, ¿puedes venir un momento?

Cerró la puerta del jardín para que nadie nos oyese.

—¡¿Tú estás loco o qué?! ¿Qué te dije? ¿Para qué la has traído, eh? —Estaba furiosa.

—Para que nos ayude. Su poder es… brutal. Necesitamos a más medio-ángeles con nosotros. A tantos como se pueda. Y ella ha accedido a ayudarnos contra los demonios —intenté conservar el gesto decidido.

—¿Y qué ha pedido a cambio?

«Vaya. Sí que se conocen bien», pensé. Tragué saliva:

—Poder.

—¡¿Qué?! —exclamó con los ojos inyectados en sangre.

—Era el único modo de convencerla.

—Cuando se entere de que todo es mentira nos aniquilará a todos. Ángel, Agnes es una asesina.

—No creo que aniquile a nadie —intenté convencerme.

—Tú dale tiempo. —La miró a través del cristal.

—Todo irá bien, no te preocupes.

—¿Te acuerdas cuando la vecina nos dejó a su hámster para que se lo cuidásemos hasta que volviese? Te dije que no metieses el dedo en la jaula y no me hiciste caso y ¿qué te pasó? —me recordó ella.

—Que me mordió —contesté apenas sin voz.

—Eso te pasó por no hacerme caso y ahora sucederá lo mismo antes o después.

—Abuela, dale solo una oportunidad. Una —supliqué.

Le hice cara de pena. La cara de pena de cuando era pequeño y quería chuches a pesar de que ella me dijera que los dientes se me pondrían negros.

Asintió solo una vez y lo celebré como una gran victoria sin querer darle importancia a su sombrío gesto.

Salimos y nos reunimos con todos.

—¿Por qué si sabías que tenías poderes no los enseñaste? —le preguntó Natalia en ese momento.

—¿Para qué? ¿Para ser una rata de laboratorio? No, gracias.

Elisa carraspeó para llamar la atención de Agnes:

—¿Qué bebes?

Agnes dio un trago. El líquido parecía agua, pero era más espeso.

—Es líquido de embalsamar —contestó como si nada—. Un segurata al que le caía muy bien me lo pasaba en la clínica. —Le guiñó un ojo.

A Javi le entraron arcadas.

—Natalia, Ángel, Javi. Venid un momento —se puso en pie William.

Los cuatro fuimos dentro de casa y nos sentamos en el sofá.

—¿Qué ocurre, William? —pregunté.

—Tenéis una misión. —Estaba muy serio—. Mañana iréis a la dimensión angélica. Tenemos que informar de lo que está ocurriendo de primera mano y pedir refuerzos para cuando llegue el día en el que tengamos que luchar. Satanás quiere aniquilar a la raza angélica y a la humana. Está formando un ejército de demonios y hay que estar preparados.

# 20

# EL PEQUEÑO ENTRENAMIENTO

—Cuando estábamos en el centro psiquiátrico, Agnes me ha tirado una bola de fuego y la he parado a escasos centímetros de mi mano. Luego he podido devolverle el ataque.

—La burbuja… —murmuró William pensativo.

—¿Qué? ¿A eso se le llama «burbuja»? —preguntó Natalia con un tono divertido.

—Sí, su cuerpo se queda envuelto en una burbuja protectora que le permite estar resguardado cuando le atacan y luego él puede defenderse con lo que hayan usado en su contra. Tendrás que aprender a tener puntería cuando lances. —Se encogió de hombros William—. Sino de poco te sirve.

—¿Cómo? ¿Tendrá que estar Agnes todo el día lanzándome bolas? —pregunté en broma.

—Es una posibilidad. Pero yo pensaba en cosas más cotidianas.

Acto seguido se levantó y fue hacia la cocina. Vimos que abrió un cajón y que sacaba grandes y afilados cuchillos.

—Venid —nos llamó William encaminándose hacia el jardín.

Salimos fuera. Le dio los cuchillos a Natalia y a Javi. A mí me dijo que me pusiera en frente de ellos a unos cuantos metros. Natalia miró los cuchillos y luego a mí.

—Lo siento, pero no puedo hacerlo —negó dándoselos a Javi.

—Si no eres capaz de lanzarle un cuchillo, ¿cómo piensas luchar contra demonios? —intervino Agnes contundente con el vaso en la mano.

—Hay una gran diferencia. —Estaba nerviosa—. A Ángel no le quiero hacer daño.

Se sentó al lado de mi abuela, convencida.

—Bueno. Yo sí quiero hacerlo para entrenar —comentó Javi como si nada—. Espero que no te moleste, Ángel.

Negué con la cabeza quitándole hierro, como si una parte de mí estuviera convencida de que los cuchillos eran de goma y que no existía la más mínima posibilidad de que me dañaran.

—Esto te vendrá también bien para tener puntería —señaló William alejándose de nosotros.

—¿Empezamos? —apremió Javi cogiendo el primer cuchillo.

—¡Espera! ¿Qué tengo que hacer? —pregunté angustiado de repente.

—Tengo una idea.

Natalia desapareció y un segundo después apareció al lado de Javi con una manzana en la mano y cinta.

—¿Qué vas a hacer? —preguntó mi amigo con voz temblorosa.

—Tranquilízate. —Le dedicó media sonrisa despegando la cinta.

Empezó a mover las manos a gran velocidad y en unos segundos tenía la manzana pegada a la cabeza.

—Ahora tienes un objetivo. —Me señaló Natalia satisfecha.

A Javi le inundó el pánico por momentos, tanto que no era capaz ni de vocalizar.

—No creo que sea una buena idea. —Se puso mi abuela en pie nerviosa.

—Puedo pararlo —intervino Jessica inexpresiva.

Fue junto a él. Javi la miraba con más miedo aun, si cabía, como si la idea de que su vida estuviera en manos de mi hermana no le causara ninguna confianza. No me extrañaba.

—Si veo que el cuchillo no va hacia la manzana, lo pararé. Te lo prometo. No te preocupes. —Le miró directamente a los ojos convencida.

Él tragó saliva sonoramente completamente paralizado.

—Cuando quieras —apremió ella.

Javi respiró hondo, temblando y cerrando los ojos. Temí no poder parar el cuchillo como había hecho con las bolas antes. ¿Desde allí Jessica sería capaz de pararlo a tiempo? ¿Podría si quiera hacerlo? ¿Cómo funcionaban exactamente los poderes? ¿Te concentrabas en ello y cerrabas los ojos rogando que funcionara? Fuera como fuera, Agnes tenía razón: esto no era nada comparado a un ejército de demonios liderados por Satanás. De algún modo, ese pensamiento me dio la fuerza que necesitaba porque en realidad todo se reducía a eso: debía funcionar. No podía *no* funcionar. No podíamos permitirnos fallar.

Mi hermana le apremió con un gesto de mano. Él hizo de tripas corazón, cogió impulso con el brazo y me lo lanzó. Lo paré, al igual que la bola de fuego de Agnes, a escasos centímetros de mi mano.

Lo contemplé unos segundos. Tragué saliva. Se me escapó una risa nerviosa entre los labios. La emoción me invadió de tal manera que sentía que iba a desfallecer.

A un lado, William, con una sonrisa cauta, me asintió para que prosiguiera. Le asentí de vuelta soltando aire por la boca sonoramente.

Lo giré para que la hoja del cuchillo apuntase a Javi, lo eché para atrás, cogí impulso y se lo lancé. Iba directo a la cara de mi amigo, pero tuvo suerte de que Jessica lo parase a escasos milímetros de su nariz.

—¡¿A qué apuntabas?! —me gritó Javi preso del pánico.

—Tranquilo. Estaba controlado —murmuró con sorna Jessica.

—Lo siento, Javi. Solo he pensado en volver a lanzarlo, no en apuntar a la manzana.

—Te has precipitado —dijo William con dureza—. Venga. Otra vez.

Volví a intentarlo. Otra vez iba mal encaminado, directo a su frente. «Al menos lo he subido un poco», pensé.

—¡No lo suficiente! —me respondió Javi atacado de los nervios.

Me lo volvió a lanzar. Lo paré.

—Un momento. —Alzó la mano William—. Javier, coge el cuchillo.

Le hizo caso.

—Quiero que se lo lances a la nariz.

Todos nos miramos entre nosotros. William le asintió y Javi lo lanzó. Tuve que dar un paso hacia atrás de la impresión porque la punta justo paró a escasos centímetros de mi nariz. Me escuché el latido del corazón en los oídos sin aliento.

—Lo que suponía. —Se acercó el mago a mi amigo muy contento.

—¿Qué suponías? —Javi dibujó una sonrisa de oreja a oreja.

William no contestó. Se fue dentro de casa y a los minutos salió. Antes de verlo con sus ojos, Javi ya estaba reaccionando con la boca abierta al vislumbrarlo con antelación en la mente de William. Llevaba un arco y flechas de plata.

—Tu puntería es extraordinaria, Javier. Estoy seguro de que con el arco y las flechas te manejarás de maravilla.

Javi cogió todo el arsenal con mucho respeto.

—Muchas gracias. ¡*Wow*! —No salía de su fascinación.

—Al menos no hay que corregir la puntería de uno de los dos. —Contento, le rodeé los hombros con el brazo.

—Sí, menos mal, Ángel, porque tu puntería es una auténtica basura. —Me miró serio.

Una carcajada salió disparada de mis labios.

—Pronto se hará de noche. Me tengo que ir ya a casa. —Se incorporó Natalia.

—Sí, estoy cansado. Deberíamos irnos —secundé estirando los brazos.

—¿Y qué hacemos con ella? —preguntó mi hermana muy indiscreta señalando a Agnes.

—Se quedará en la habitación de invitados —respondió mi abuela inexpresiva.

—Mañana continuamos. —Javi le tendió el arco y las flechas a William, lleno de emoción.

Javier y Natalia atajaron por otro camino y Jessica y yo nos fuimos por donde siempre a casa.

Vimos que el coche de mis padres estaba aparcado en frente de mi casa. Jessica fue corriendo a abrir la puerta llena de alegría. Cuando entré, mi madre estaba en la entrada, me sonrió y me dio dos besos.

—¿Cómo es que llegáis tan tarde? —preguntó ella con total naturalidad.

—Siempre llegamos a esta hora —le contesté levantando las cejas.

Se encogió avergonzada.

—¿Venís ya a la mesa? Por aquí tenemos hambre —nos llamó mi padre cortando el pan.

# 21
# DE VUELTA A LA VIDA REAL

Al día siguiente, como siempre, me aseé y luego me vestí para ir al instituto. La nueva rutina me resultaba rara y pesada. Por la mañana, un día normal y por la tarde tener que entrenar para estar listos por lo que pudiese pasar con el submundo, el plano demoníaco. Todavía no me acostumbrada a mi nueva vida.

Bajé las escaleras y abrí la puerta. Como todos los días, ahí estaba Natalia esperándome, tan deslumbrante como siempre.

—Hola —le dije casi en un susurro.

—Buenos días —me contestó con una sonrisa de oreja a oreja.

Salí y cerré la puerta con suavidad, pero sonó como si hubiera dado un enorme portazo.

—¿Qué tal? ¿Cómo estás? —le pregunté intentado desviar la atención del ruido.

La miré con atención. Aunque la veía igual de guapa que siempre, había algo diferente.

—Bueno… —me contestó haciendo un mohín.

—¿Ha ocurrido algo? —Me puse tenso.

—Ayer, cuando llegué a casa, mi madre me riñó por no aparecer en todo el día. Dice que últimamente me siente ausente —contestó mirándose las manos.

—Y estás así porque no estás acostumbrada a que te llame la atención. ¿Cierto? —La miré con dulzura.

—Un poco. —Se encogió de hombros carraspeando sin mirarme a los ojos.

—¿Y qué le dijiste?

Una sonrisa se dibujó en su rostro.

—Que sería la edad del pavo.

—¡Vaya! ¡Buena respuesta! —Me reí.

—Mejor que decirle que soy una medio-ángel aprendiendo a matar monstruos, ¿no crees? —Me miró sin dejar de sonreír.

Nerea se lanzó sobre Natalia antes de que ni siquiera la viéramos venir. Las dos trastabillaron y cayeron al suelo.

—¡Nerea! —se quejó Natalia.

—¿Estás bien? —Le tendí la mano, pero en su lugar la tomó Nerea.

Puse los ojos en blanco.

—Perdona, Natalia, pero es que hoy nos toca ¡Naturales!

—Nunca te había visto tan contenta de venir al instituto, creo que… —hice como si lo estuviera pensando realmente— desde que le dieron la baja al profesor de Inglés.

—Ja, ja, muy gracioso —me contestó de mala gana—. Incluso he estudiado para el examen de hoy.

—Eso sí que es una broma, ¿no? —dijo Javier apareciendo por detrás.

—No es ninguna broma. El control de hoy es del tema de las células y todo eso —le contestó Natalia a Javi.

—¡Yo no he estudiado! Madre mía, ¿qué voy a hacer? —exclamó Javi echándose las manos a la cabeza—. Ya sabía yo que venir sin desayunar no me traería nada bueno. Si lo sé no vengo.

—Pero si tú nunca estudias, ¿de qué te preocupas ahora? —Arrugó la frente con cierta mueca de asco Nerea—. Bueno, no perdamos más tiempo. Vámonos.

Y cogiendo a Natalia del brazo la arrastró hacia dentro del instituto y Javi, aún con las manos en la cabeza, las siguió. Cuando me disponía a entrar yo también, una mano me cogió por el hombro y me paró. Cuando me di la vuelta vi a Axel, que había salido de la nada.

—Buenos días. ¿Ocurre algo? —le pregunté sorprendido.

Un escalofrío me recorrió todo el cuerpo y en sus ojos vi que incluso él lo había sentido.

—No, solamente quería preguntarte ¿cómo se llama la chica que siempre va contigo? ¿La de los ojos muy verdes?

—Oh, se refiere a Natalia. ¿Por qué lo pregunta? —Tragué saliva.

—No, por nada. Me han dicho que es una alumna excelente y quería saber su nombre, nada más. ¿Y tú? ¿Cómo te llamas?

—Ángel —respondí sin entender muy bien de qué iba.

—¡Sí! ¡Exacto! Ya me acuerdo de ti.

—¿Qué? —pregunté intrigado.

—Cuando vi tu foto en el expediente me llamaste la atención. Un chico con el pelo negro y esos ojos tan azules no es muy común. Además, he podido comprobar que en poco tiempo has experimentado un *gran* cambio. —Nos quedamos mirándonos en silencio—. Me refiero a la altura y musculación.

El aire que flotaba en el ambiente lo sentía tan espeso que seguro que podía cortarse.

—Sí, bueno, estoy en la edad de los cambios.

—Claro. Sí, sí. Bueno —nos miró a Javi y a mí—, os veo ahora en clase.

Vimos cómo se alejaba y sentí que volvía a respirar.

—¿Y a mí no me pregunta mi nombre? —dijo algo ofendido Javi.

—No te preocupes. Seguro que después de este examen… se acordará.

# 22
# LA DIMENSIÓN ANGÉLICA

Cuando llegamos a casa de mi abuela ni siquiera sentía las piernas debido a los nervios, la ansiedad y el estrés. Íbamos a viajar a la dimensión angélica. En ese momento me pregunté si *viajar* sería el término correcto en ese caso.

Nada más entrar, mi abuela nos indicó que el primer paso era cambiarnos de ropa. Transformar nuestro aspecto de estudiantes de instituto por el de unos medio-ángeles que iban a viajar (o teletransportarse, quizá) a otra dimensión. Ella misma nos explicó que vestiríamos completamente de blanco para pasar desapercibidos y causar una buena impresión. O, al menos, no una mala.

—Bueno, chicos. ¿Cómo estáis? ¿Listos para ir a la dimensión angélica? —Se frotó las manos William emocionado.

—¿Y yo? ¿No voy? —preguntó Agnes entrando en casa con los brazos cruzados.

Todavía seguía bebiendo líquido de embalsamar.

—No, tú no vas —contestó mi abuela sin mucha delicadeza.

—¿Por qué? —le inquirió con amargura.

—Porque he dicho que no y punto. Debería bastarte. Ya he consentido que te quedes bajo mi techo. No permitiré que vayas a la dimensión angélica. —Aumentó la contundencia en sus palabras.

Agnes se mordió el puño con malicia. Mis amigos y yo nos miramos de soslayo conteniendo el aliento. En ese momento rogué para mis adentros que rescatar a Agnes no hubiese sido un grave error tal y como veía reflejado en la mirada de mi abuela.

William carraspeó reclamando nuestra atención y desvió el tema a lo importante:

—Cuando haga el hechizo no sé exactamente dónde iréis a parar, a qué punto exactamente de la ciudad, pero os tenéis que dirigir al edificio más importante de toda la dimensión: Arc en Ciel. Es un edificio lo suficientemente grandioso como para que no tengáis duda de si estáis yendo al sitio indicado. Una vez allí buscaréis a Angélica. Ella es la líder de los ángeles, la Diosa Blanca, como algunos la llaman. Es un asunto de tal urgencia y magnitud que no tendrá ningún problema en atenderos. Debéis explicarle lo que está sucediendo en este plano para que empiece a movilizar sus tropas.

—¿Estáis preparados? —Nos miró mi abuela con el ceño fruncido y la voz temblorosa.

Los tres asentimos con decisión, aunque vi cómo Javi tuvo que cerrar las manos en un puño para que le dejara de temblar el pulso. Respiré hondo. Como si eso pudiera eliminar el nudo que se me había formado en la garganta.

William movió las manos diciendo unas palabras que no entendí y miles de destellos salieron de ellas. Entramos en la extraña niebla. Empecé a verlo todo borroso. No veía a nadie.

Ya no sentía el suelo firme bajo los pies. El corazón me palpitaba muy deprisa.

De repente noté cómo los pies tocaban de nuevo el suelo y al segundo la niebla desapareció.

# 23
# LOS TATUAJES

El plano angelical era tan pero tan blanco que hasta cegaba la vista.

Aterrizamos en una amplia avenida en la que no había ningún tipo de vehículo o farola o cubo de basura o mancha. Solo edificios altos con ornamentos y estatuas. Sin dejar de ser todo de un blanco nuclear. Incluso el cielo era de un azul tan claro que se asemejaba al blanco. Dejaba una sensación de desasosiego.

—Vaya esto es… —Natalia se quedó sin aliento.

—Impresionante. —Suspiré empezando a sonreír.

La calle estaba llena de ángeles que iban y venían con grandes alas pegadas a la espalda. De hecho, muchos se desplazaban volando para evitar todo el tumulto de la calle. A pesar de ello, no había bullicio ni sonidos estridentes, solo miradas extrañadas cuando pasaban a nuestro lado. Nosotros seguíamos sin poder disimular el asombro.

—Sí, impresionante. —Natalia siguió mirando fascinada.

Cuando la miré para dedicarle una sonrisa cómplice, se esfumó dejando solo el rastro de mi ceño fruncido.

—¿Cuándo te has hecho un tatuaje?

—¿Qué? —Me devolvió la mirada extrañada.

Javi se acercó y se llevó las manos a la boca de asombro.

—¡Es verdad! Tienes un tatuaje de unas alas de ángel en el cuello.

En la parte derecha del cuello Natalia llevaba tatuadas unas alas de ángel plateadas que incluso brillaban, pero no era la única. También vimos ese mismo símbolo brillante en el antebrazo derecho de Javi.

—¿Qué brilla debajo de tu camiseta? —señaló Natalia.

Abrí un par de botones para ver de dónde procedía la luz y el mismo símbolo apareció.

—¿Será porque estamos en el plano angelical? —les pregunté extrañado.

—¿O porque tenemos sangre angélica? —lanzó Natalia.

—Pero ¿por qué ahora? Antes no habían aparecido. —Siguió mirándose el brazo Javi.

En ese momento escuché cómo los ángeles que pasaban junto a nosotros empezaban a cuchichear. «Son medio-ángeles», «Pensaba que se habían extinguido», «¿Los demonios no habían acabado con ellos?», fueron algunos de los comentarios que capté.

—Mirad —señaló Natalia al final de la calle—, allí es donde debemos ir.

Al fondo de la larguísima avenida se alzaba el edificio más grande que jamás hubiera podido ver en mi vida. En unas enormes letras plateadas se leía un cartel en el que ponía «Arc en Ciel». Había estado tan absorto con las alas de los ángeles y los tatuajes que ni había mirado al final de la calle.

—Es tan alto que se pierde entre las nubes y luego vuelve a aparecer por encima de ellas —musitó Javi.

—Vamos, no hay tiempo que perder. —Se puso en marcha Natalia sin dejar de mirar el edificio con la boca abierta.

# 24
# ARC EN CIEL

El interior de Arc en Ciel parecía el de un hotel. Todo allí dentro seguía siendo de un blanco pulcro. Fuimos hasta el fondo donde había una mujer detrás de un mostrador muy alto. La mujer tenía la piel muy blanca y el pelo corto rizado de color negro azabache. La única nota de discordancia.

—Buenos días, me llamo Celeste. Soy la secretaria de Arc en Ciel. ¿En qué puedo ayudarles?

Cuando íbamos a contestarle vimos cómo apartó la mirada y se fijó en un punto donde no veíamos a nadie y de repente gritó:

—¡Kissy! ¡Llegas muy tarde!

La pulcritud del lugar no solo se vio interrumpida por su grito, también por la gata parda bastante gorda con la cabeza pequeña y los ojos verdes grandes que se acercaba a nosotros con paso elegante. Llevaba en la boca un sobre en el que pude leer de soslayo «Submundo» antes de que Celeste se la arrebatara.

—¡¿Qué quieres?! ¡Ir al submundo y volver no es tarea fácil, guapa! ¡Y menos aún si te quitan las alas! —le espetó la gata.

—¡Ah! Pero si sabe hablar —exclamó Natalia llevándose las manos a la cara.

—Sí, y también sé cantar.

Se sentó con todas sus patas recogidas, tosió para aclararse la voz y cuando se disponía a hacernos partícipes de su *destreza* vocal, Celeste la cortó.

—Nadie quiere oírte cantar, Kissy —la detuvo Celeste.

—Aguafiestas —murmuró Kissy.

Toda aquella conversación entre ellas no me distrajo de lo que llevaba rondándome desde que llegó la gata, y sin que pudiera siquiera controlarlo me escuché preguntando:

—¿La carta viene del submundo?

Con la batalla que se estaba fraguando en el plano humano, ¿los ángeles y los demonios se mandaban cartas?

—¡¿Qué!? ¡Claro que no! —exclamó Celeste con voz estridente.

—La carta se la envía su novio. Un hombre lobo —comentó Kissy indiscreta.

—¡¡Kissy!! —volvió a gritar Celeste con la cara roja.

—Tú no me dejas cantar, pues yo te delato.

—¿Tu novio es del mundo subterráneo? —alucinó Javi.

—Por favor, no digáis nada —suplicó Celeste con los ojos vidriosos—. No se nos está permitido.

—Tu secreto está seguro con nosotros —le garanticé.

—Además, es una prueba de que no todos los ángeles y subterráneos se llevan mal, ¿no? —Forzó la sonrisa Natalia.

—Esta relación me gustaría más si no tuviera que hacer *yo* de intermediaria —se quejó Kissy—, aunque, bueno, si tuviera alas…

—Kissy, sabes bien por qué te las quitaron. Has dejado de tener la forma física que se les exige a los mensajeros y las alas no te permitirían volar —le recordó Celeste con sorna.

Cuando Kissy se disponía a responder a ese puñal con otro, Javi intervino:

—No es por interrumpir, pero buscamos a Angélica.

—Necesitamos hablar con ella urgentemente —secundó Natalia.

—¡Oh! Claro. —Abrió un libro enorme mientras entre nosotros nos mirábamos victoriosos—. Os puedo dar una cita de quince minutos en seis meses.

—¡¿Seis meses?! —exclamé.

—Pero, no lo entiende, es muy urgente. Debemos hablar con ella *ahora* —habló con más contundencia Natalia.

—Lo siento, pero no puede atenderos hasta entonces. —Se encogió de hombros.

—Cel, seguro que tiene un hueco para estos pobres muchachos. Huelen a plano humano. Menudo viajecito se tienen que haber pegado para llegar hasta aquí —intervino la gata.

—Bueno, *Kis* —se giró Celeste malhumorada intentando conservar la calma—, la agenda de Angélica está llena. Y ya sabes lo estricta que es con su agenda.

—Pero ¿tú eres consciente de que estos tres saben tu secreto? Lo pueden usar como moneda de cambio —volvió Kissy a ser indiscreta.

—Han prometido que no dirán nada y…

Javi le interrumpió alzando la mano:

—Yo no he prometido nada.

Natalia y yo le miramos boquiabiertos.

Lo siguiente que hicimos fue pulsar el botón de la última planta del ascensor mientras Kissy se despedía con la mano y Celeste hundía el rostro entre las manos.

# 25
# ANGÉLICA

Después de escasos cuarenta segundos, el ascensor paró. Las puertas se abrieron dando paso a un gran despacho con grandes ventanales y dos sofás de color blanco en mitad de la estancia.

Fue al salir del ascensor cuando me percaté de la presencia de una mujer que estaba de espaldas a nosotros mirando por uno de los ventanales. Llevaba un vestido largo de color blanco que le llegaba hasta los pies. Cuando se giró, me quedé impresionado de ver tal belleza, con el pelo largo rubio y una piel a la que no le debió de haber dado nunca el sol. Nos sonrió y su cara se iluminó. Su mirada derrochaba solemnidad, al igual que su voz al decir:

—Me preguntaba cuánto tiempo tardarías en venir a verme.

—¿Nos esperaba? —pregunté sorprendido.

Ninguno de los tres habíamos movido un solo músculo todavía.

—Por supuesto. —Nos sonrió—. Por favor no os quedéis ahí de pie, tomad asiento. —Señaló los sofás.

Le hicimos caso, aunque sin perder la timidez que aquel lugar había despertado en nosotros. Ella tomó asiento en un cómodo sillón ovalado que había ascendido del interior del suelo. Escuché cómo Natalia cogía mucho aire antes de atreverse a decir:

—Usted sabe muy bien lo que está ocurriendo, ¿verdad?

—Mejor que nadie. —Le sostuvo la mirada—. Y, por supuesto, estoy dispuesta a llevar a combatir a mis mejores ángeles al plano humano. Satanás nunca nos ha dado miedo. —Hizo una pausa antes de continuar hablando con tranquilidad—: Está deambulando a sus anchas por vuestro mundo. Realmente siempre está muy cerca de vosotros, pero no logramos ver exactamente dónde. El problema principal al que nos enfrentamos, como intuiréis, es que mis ángeles no le encuentran. Por eso quería hablar con vosotros y advertiros de su presencia. Debéis tener los ojos muy abiertos e, incluso, considerar la posibilidad de dejar de hacer vuestras actividades mundanas y centraros solo en esta cuestión que pone en jaque los tres planos.

—Pero ¿no decía que los ángeles nunca han temido a Satanás? —Ladeó la cabeza Natalia.

La miré con los ojos desorbitados y reconocí en los suyos la sombra de la sospecha.

—Que no le tememos no significa que no sea peligroso. —Se irguió aún más Angélica.

Tragué saliva y formulé las únicas palabras que ocupaban mi mente nublada en ese instante:

—Dice que Satanás está cerca de *nosotros*. —Nos señalé a los tres.

—Eso me temo.

—Entonces, ¿por qué no nos ha matado ya? —Tragué saliva.

En ese momento se abrieron las puertas del ascensor y un hombre con la piel negra y unas grandes gafas salió de él.

—Lo siento, no quería interrumpir, pero tiene una reunión de consejo en un minuto.

—Oh, sí, por supuesto. Gracias —contestó ella poniéndose en pie sin perder la sonrisa.

Nosotros nos pusimos en pie también para despedirnos de ella, aunque el nerviosismo se apoderó de mí. ¿Nos había dado tiempo a cumplir realmente nuestra misión en una conversación tan corta? Celeste ya nos había avisado de que solo tenía tres minutos libres entre una reunión de consejo y otra.

Angélica se acercó, nos estrechó la mano y cuando llegó mi turno me respondió:

—¿Qué imagen daría Satanás si matara a tres inexpertos y desarmados medio-ángeles?

Me quedé sin habla, pero conseguí balbucear:

—Comprendo.

—Bajad de nuevo a recepción. Celeste os ayudará a volver a casa. Gracias por vuestra visita. Nos veremos muy pronto.

Cuando se cerraron las puertas tras ella, nos miramos atónitos. Solo Javi dijo:

—¿Soy yo o la líder de los ángeles nos acaba de dar permiso para faltar a clase?

# 26

# DE VUELTA

Cuando la niebla se volvió a difuminar, aparecimos en el salón de la casa de mi abuela.

—Ya era hora —farfulló Agnes con tono cansado.

Comprobé que ya era de noche. ¿Tanto tiempo habíamos estado fuera?

—¿Qué tal ha ido? —preguntó William.

Le explicamos desde el principio todo lo ocurrido.

—Mañana iréis a visitar a madame Teodora —nos informó mi abuela—. Ella es bruja. De hecho, «madame» solo se les llama a las brujas realmente experimentadas, aquellas que hace mucho que dejaron de ser novatas. Nos dirá cuándo vendrán a atacarnos y así podremos estar preparados.

—En cuanto lo sepamos le enviaré un comunicado a Angélica de cuándo y en qué lugar ocurrirá —continuó William—. Pero por ahora… descansad, lo tenéis más que merecido. Os llevaré a todos a casa.

—Antes de irnos, ¿podríais explicarnos por qué en el plano de los ángeles nos han salido una especie de alas en la piel? —preguntó Natalia.

—¡Oh! ¡Habéis visto vuestros tatuajes! Aún recuerdo cuando vi el mío por primera vez, qué emoción —se puso nostálgico William.

—Esos tatuajes os identifican. Al ser medio-ángeles vuestros tatuajes son visibles en todos los planos que no son aquel en el que nacisteis. Aquellos que tienen sangre angelical tienen unas alas, los de sangre demoníaca, una flecha y aquellos que no tienen ni una ni otra, una estrella —explicó Elisa.

—Entonces, ¿todos nosotros tenemos el símbolo de las alas? —pregunté.

—Todos menos yo. Yo tengo una estrella —indicó William.

—Pues menos mal que en este plano no se ve, sino a mi madre le daría algo. —Se llevó la mano al pecho Javi.

# 27
# MADAME TEODORA

Como era el último día antes de las vacaciones de primavera, el instituto fue generoso y a la hora del patio nos fuimos a casa. Nosotros, como siempre, fuimos a la de mi abuela, donde nos darían nuevas instrucciones para ver a madame Teodora.

—Bueno, ¿hoy qué hacemos? ¿Tenemos que cambiarnos? ¿Viajar a otro plano? —pregunté frotándome las manos.

Mentiría si dijera que todo esto no me emocionaba, motivaba e incluso gustaba.

—No, hoy no hace falta —aclaró Elisa con una sonrisa al ver mi emoción.

En ese momento entró William.

—Bueno, si estáis listos, vámonos. —El mago nos hizo un gesto acercándose a la puerta.

—Pero si no vamos a otra dimensión… —Javi arrugó las cejas sin comprender.

—Os llevo en coche. —Se rio William.

Después de unos veinte minutos de trayecto, William paró enfrente de una casa unifamiliar de dos plantas nada espectacular.

—Llamad a la puerta. Este es el estudio de madame Teodora, seguro que estará allí.

En cuanto bajamos y cerramos las puertas del coche, William se fue. Tocamos el timbre. Por debajo de la puerta se colaba una tenue luz naranja.

—Ya voy… —se escuchó una voz al otro lado.

Nos abrió una chica de nuestra misma edad, con la piel morena y el pelo castaño.

—¿Eres madame Teodora? —pregunté atónito.

La chica se rio.

—No, un momento. ¡Abuela! Han venido a verte. —Volvió a entrar.

La chica se fue y dio paso a una rolliza mujer muy mayor. Tenía la piel también morena y era bajita, al igual que su nieta. Tenía el pelo rizado y canoso y llevaba unas gafas con los cristales desgastados por el paso del tiempo.

—Pasad —nos indicó madame Teodora—. ¿En qué puedo ayudaros?

Seguimos a la mujer al interior de la estancia. El ambiente estaba muy cargado y olía a incienso. La decoración tenía un cierto toque hindú donde predominaba el color naranja en las paredes. Nos llevó a una mesa pequeña y redonda.

—¿Puede ver el futuro? —preguntó Natalia tocándose el pelo nerviosa.

—Por supuesto, es mi especialidad. ¿Qué queréis saber? Salud, amor, amistad, trabajo… —preguntó barajando las cartas.

—¿Ba… talla? —murmuró Javi sin estar convencido.

—¿Podrías ser un poco más explícito? ¿Batalla? —pidió madame Teodora barajando con el ceño fruncido.

—Queremos saber cuándo vendrá Satanás a luchar —intervine con voz calmada.

—¡¿Qué!? —preguntó dejando de barajar y mirándonos a los ojos consternada.

—Somos medio-ángeles y sabemos que usted es una bruja de verdad. Se está gestando una batalla y queremos saber cuándo comenzará para estar listos para combatir —aclaró Natalia.

—Algo había escuchado murmurar a los muertos… —musitó entre labios. Volvió a barajar sin abandonar esa expresión de preocupación y nerviosismo—. Y lo que queréis saber es cuándo vendrá para poder prepararos, ¿es así?

—Exactamente —contesté.

—De acuerdo. Vayamos a un sitio más reservado. Aquí es donde le hago los trucos a los humanos. —Madame Teodora se levantó con dificultad—. ¡Gretel! Ven a ayudarme.

La chica que nos había abierto la puerta acudió a ayudar a su abuela a levantarse y le sirvió de apoyo para ir a un cuarto al fondo del pasillo. Gretel abrió la puerta con una llave antigua que emitió un gran chirrido. La chica encendió una luz tenue como las del resto de la casa y ayudó a la mujer a sentarse en una silla alrededor de otra mesa redonda. Gretel cogió de la estantería que estaba atestada de potingues y cabezas de muñecas viejas terroríficas una baraja que parecía estar nueva y se la tendió a su abuela. La chica se apartó en una esquina y se quedó mirando de pie.

—Esta es la baraja que vosotros necesitáis. Adivina el futuro que implica a todos los planos. La otra es para cosas cotidianas —explicó madame Teodora muy solemnemente observándonos uno a uno.

# 28
# EL TAROT

—Coged cada uno una carta —nos tendió madame Teodora la baraja— y ponerlas boca arriba.

La mía era una luna roja, la de Natalia, sombras negras y la de Javi, dos árboles.

—Muy bien. —Madame Teodora carraspeó y miró de reojo antes de decirnos con un hilo de voz—: Las cartas han hablado. El ejército de Satanás llegará en dos días, coincidiendo con la Noche Roja.

—¡¿Dos días?! —exclamó Natalia poseída por el terror.

Empecé a hiperventilar y Javi se llevó las manos a la cabeza.

—Gretel, tráenos un vaso de agua a todos, por favor —le indicó a su nieta intentando preservar la calma.

Una vez esta salió por la puerta, empezó a hablar:

—Los ángeles sois mucho más vulnerables durante la Noche Roja, en cambio, los demonios son mucho más fuertes.

—¿Por qué? —pregunté casi sin voz.

—Porque en la Noche Roja es cuando los humanos adquieren poderes angélicos y por ello los ángeles se debilitan.

Sus manos no dejaban de temblar.

—¿Y dónde lucharemos? Está claro que no lo haremos en mitad del pueblo, ¿verdad? —preguntó Javier sudando.

—No, no, todo apunta a que no —carraspeó y se recolocó en la silla—. Hay portales naturales que son árboles. Se les suele llamar los árboles de la vida. Sirven de puente a los seres mágicos que no tienen la fuerza suficiente de la magia de los magos o de los brujos.

—Así que vendrán a través de esos árboles —repetí para mí mismo en voz alta.

—Sí. Aquí cerca solo hay dos. Uno está en un valle, en la montaña y el otro se encuentra… en casa de la abuela de Ángel.

¡Era verdad! El gran árbol que había allí, en medio del jardín. Era un árbol de la vida. Lo era. Sentí cómo el alma se me caía a los pies y cómo el puzle empezaba a encajar. ¿Por eso Satanás había elegido luchar aquí? ¿Por eso nos tenía vigilados?

En ese momento entró Gretel con el agua.

—Disculpad la tardanza. Me he entretenido con la planta de la cocina que estaba mustia y… —Su abuela le mandó a callar bruscamente.

—¿Por qué no quiere que sepamos que su nieta es medio-ángel? —preguntó Javi rascándose la cabeza.

Nos quedamos mirando a nuestro amigo y después de vuelta a Gretel.

—¿Cuáles son tus poderes? —le preguntó Javier.

—Soy camaleónica y tengo el don de devolver la vida —respondió Gretel llena de emoción—. Sois los primeros medio-ángeles que conozco.

—¿Por qué la mantiene oculta? —quise saber.

—Es peligroso serlo. Miraos a vosotros. Vais a terminar combatiendo contra Satanás. No quiero que mi nieta acabe así. Por eso nos ocultamos entre los humanos —habló con contundencia.

—Bueno, creo que deberíamos irnos. —Natalia se puso en pie y nos miró a nosotros para que hiciéramos lo mismo. Le tendió la mano a la bruja—. Gracias por todo, madame Teodora.

Ella no se la estrechó. Miró a su nieta y le dijo con voz calmada:

—Gretel, acompáñalos tú a la puerta.

—Venid conmigo.

La seguimos hasta la salida.

—Mi abuela prefiere que sea solo bruja. Soy su aprendiz —nos susurró—. Pero ha sido un placer coincidir con vosotros.

—¿Cómo es que tu abuela sabía quién era? —le susurré.

—Es bruja ¿recuerdas? Además, no somos muchos los medio-ángeles en la zona. Como bruja con tantos años de experiencia, no hay nada que ocurra a nuestro alrededor que ella no sepa.

—¡Gretel! —escuchamos que la reclamaba madame Teodora.

—Tened mucho cuidado —dijo y nos cerró la puerta.

# 29
# NORMAL

William vino a buscarnos y nos fuimos a casa de mi abuela. Una vez todo explicado, se sintieron estúpidos por no haberlo pensado antes. Hablamos y hablamos del tema con pelos y señales. William envió una carta a Angélica. La metió en un sobre con alas que voló rápidamente hacia el árbol de la vida y lo traspasó. Nos explicó que el sobre ya estaba en el plano angelical y que era una mera formalidad porque estaba seguro de que la Diosa Blanca y los suyos ya sabrían cuándo ocurriría la batalla, aunque en nuestro encuentro no nos lo dijera.

Al cabo de un rato, mis padres llegaron para cenar juntos y las familias de mis amigos no tuvieron ningún problema en que se quedaran con nosotros. Estuvimos hasta tarde contando anécdotas, nada que ver con demonios, por supuesto. Esa noche fui lo más feliz que podía ser con las personas más importantes para mí, y Agnes, claro. Aunque se portó muy bien en presencia de mis padres. Cuando terminó la cena, fuimos a llevar a mis amigos a sus casas.

Al día siguiente aproveché la mañana para hacer todos los deberes y estudiar los dos exámenes que me esperaban a la vuelta. Mi hermana y yo comimos mis ya típicos sándwiches de cuando nos quedábamos en casa solos.

Después nos pasamos toda la tarde entrenando en el jardín de mi abuela con Natalia, Javi y Agnes. Perfeccionamos nuestros ataques, defensas y reflejos, que ya de por sí eran muy buenos porque tal y como repetía una y otra vez mi abuela «lo llevábamos en la sangre».

También nos asignaron a cada uno nuestras respectivas armas según nuestros puntos fuertes. Natalia tenía dos cuchillos de plata afilados que guardaría en sus botas altas y en la cintura. También, como los vaqueros, llevaría pistolas que disparaban balas de plata, letales para los hombres lobo. Javier, por su parte, tenía las rápidas y efectivas flechas. Mis poderes eran las armas más valiosas que tenía, pero aparte me dieron dos grandes espadas de plata que llevaría a la espalda.

A pesar de entrenar y entrenar durante más de ocho horas sin parar, apenas notaba el cansancio. Miraba a mis amigos, me miraba a mí, y parecía que llevábamos haciendo esto desde que nacimos. Y es que era nuestro destino, según mi abuela, de medio-ángeles. Al convertirnos adquirimos todas esas habilidades de manera natural. Durante un segundo no pude evitar pensar que mi naturaleza había cambiado de la noche a la mañana y que me había convertido en un asesino de demonios de manera «natural».

# 30
# NERVIOS

Estábamos en un valle precioso, lleno de colores, de luz y paz. Me giré y vi a un montón de gente vestida de blanco. Más tarde supe que eran ángeles por sus alas. A mi derecha tenía a una mujer que en cuanto me miró supe quién era: Angélica. A su lado estaba Javi con su arco en la mano ya preparado para disparar. A mi izquierda estaba Natalia, que al ver que la miraba me sonrió para darme fuerza. Los tres íbamos también de blanco. ¿A qué estábamos esperando?

Las dudas se disiparon en cuanto vi a un montón de gente venir hacia nosotros a toda velocidad. En el centro distinguí a los inconfundibles Patry e Idrick. En medio de los dos había un hombre al cual no podía verle bien el rostro.

—Satanás —murmuró Angélica por lo bajo.

En ese momento, del susto, me desperté empapado en sudor. Era un sueño y había visto el principio de la batalla que tendría lugar ese mismo día. Así era como daría comienzo.

Miré el reloj. Las ocho y media de la mañana. Fui al baño y me duché. Bajé a desayunar. Todos mis movimientos eran mecánicos, sin pensar, porque mi mente solo estaba ocupada por una única cosa: Satanás. El tiempo pasaba y no me daba ni cuenta. Seguía inmerso en mi pesadilla, aunque llevara horas despierto.

Cuando mi hermana bajó a desayunar, le pregunté si estaba nerviosa.

—No. ¿Y tú?

—¿Cómo puedes no estarlo? —le volví a preguntar atónito, hasta diría que ofendido.

—Llevo toda mi corta vida entrenando para combatir contra toda clase de demonios. Estoy preparada. Eso es todo.

—Siempre se puede tener un poco de miedo.

Jessica cogió aire llenando sus pulmones sonoramente.

—Voy a cambiarme y nos vamos a casa de la abuela.

Íbamos a combatir contra un ejército de vampiros y hombres lobo, dirigido y formado por Satanás. Podríamos resultar heridos, o peor aún. Un escalofrío me recorrió todo el cuerpo. Yo no era raro por tener miedo, ella era rara por no tenerlo. ¿Tan segura de sí misma estaba o tan poco confiaba yo en mis cualidades?

Fuimos en silencio a casa de la abuela. Pasamos por delante de la señal que aún seguía doblada, la que retorcí para ponerme a prueba el día que desperté siendo medio-ángel por primera vez. Me pareció que había pasado una eternidad, toda una vida entre aquel momento y este instante.

Llamamos al timbre y nos abrió Agnes. No nos dijo absolutamente nada. Salimos al jardín y vimos a William, Elisa, Agnes sentándose y... Angélica. ¿Qué hacía ella aquí?

—Hola, Ángel. Ahora me he dado cuenta de la ironía que tiene tu nombre —me saludó Angélica sonriéndome.

—Sí, y yo del tuyo —dije más inexpresivo de lo que pretendía.

—¿Qué haces aquí? —preguntó Jessy sin rodeos.

—He venido para deciros cómo vamos a organizarnos esta tarde para la batalla.

—¿Por qué será esta tarde concretamente? —pregunté tomando asiento.

—Tenemos que tener en cuenta que nuestros adversarios son vampiros, que no soportan la luz del sol, y hombres lobo, que tampoco les hace mucha gracia. Los demonios intentan evitarlo. Vendrán a la puesta del sol y…

Sonó el timbre interrumpiéndola. Fui a abrir y eran mis dos amigos. Los tres nos dirigimos al jardín, ambos se sorprendieron de ver allí a Angélica. Después de saludarse les explicó lo mismo que nos había dicho a nosotros.

—Bueno, y lo que intentaba decir antes es que todo está muy planeado. Satanás quiere acabar cuanto antes con nosotros y avanzar a su siguiente paso. Cuando caiga la noche tienen pensado ir a las ciudades para exterminar a la raza humana. Lo siguiente será acabar con los ángeles. Nuestra misión, por supuesto, es impedir que todo esto se lleve a cabo. Que hoy sea Noche Roja tampoco es una coincidencia. Los ángeles nos debilitamos en estos días porque es cuando los humanos pueden adquirir poderes —nos volvió a explicar Angélica.

—Sí, nos lo contó madame Teodora —asintió Natalia.

—¿Madame Teodora? Creía que había muerto. —Arrugó la frente Angélica confusa.

—Pues no. Está vivita y coleando —dije con una risa nerviosa por la elección de mis palabras con la Diosa Blanca.

—Aunque no creo que le quede mucho para estirar la pata —intervino Javier.

—Qué poco delicado —murmuró Natalia.

—Ay, pero si es la verdad —se defendió.

—Bueno, también quería comentaros una cosa sobre Jessica —desvió el tema Angélica.

Automáticamente todos la miramos.

—¿Qué pasa conmigo? —preguntó ella tajante—. ¿No podré combatir?

—Sí que combatirás, pero de una forma diferente. —Una media sonrisa apareció en los labios de Angélica—. Tú, William y Elisa iréis en una nube. Les pillará por sorpresa. Tú y William podréis atacar desde allí y Elisa os podrá ir guiando. Para sus ojos la nube no será visible, por eso estaréis a salvo.

—Me apunto. —Levantó la mano Javi.

—No, tú estarás con nosotros abajo. Iremos al valle más cercano donde está el árbol de la vida, el que obligatoriamente tendrán que atravesar —explicó Angélica.

Sin poder evitarlo, mi mente se puso en el peor de los escenarios posibles.

—Ángel, no pienses en esas cosas, por favor. Me deprimes. —Javi se llevó la mano al pecho.

—¿Qué ocurre? —intervino Elisa seria.

—Tu nieto, que se imagina la peor de las muertes justo ahora —resopló quitándole importancia.

—Aunque seguramente no sea lo mejor antes de una batalla, tenéis que ser conscientes de que es posible que alguno de nosotros no regrese. Hay que tener en cuenta que los demonios son muy fuertes y ahora más, siendo Noche Roja —se sinceró Elisa con un hilo de voz.

Escuché a Javi tragar saliva.

—Menudos ánimos, *abuelita* —murmuró Agnes.

—Han de ser conscientes de ello —apoyó William a mi abuela con seguridad.

Miré a todos los presentes en la mesa. ¿Cuántos volverían? ¿Cuántos no? ¿Quiénes resultarían heridos? ¿Quién se echaría atrás?

—Yo esta noche he tenido una pesadilla en la que estábamos todos, bueno, casi todos allí. Estábamos en el valle y un ejército venía hacia nosotros. Intentaba poder ver el rostro de Satanás, pero era imposible —explicó Natalia mirándose las manos.

—Yo también. —Le cogí del brazo asombrado.

—Y yo. —Alzó Javi la mano.

—Lo mismo digo —dijo Agnes.

—Yo igual —asintió Jessica.

—Eso quiere decir que ya es inevitable que ocurra. —William tragó saliva y agarró a Elisa fuertemente de la mano.

—¿No podemos intentar que se echen atrás? ¿Hablarlo? ¿Qué necesidad tenemos todos de pasar por esto? —pregunté nervioso perdiendo la esperanza.

—Han venido a matar, no a hablar. No se puede hablar con los demonios —aseguró Angélica—. Así que lo mejor es que nos preparemos para lo inevitable. —Suspiró—. Somos muy pocos los que reconocemos el rostro de Satanás y debéis tener en cuenta que seguramente sea alguien que conocéis, incluso en quien confiáis. También he venido aquí para asegurarme de que ninguno titubeáis, ya que yo soy la única, como Diosa Blanca, que puede mostrar clemencia. Como medio-ángeles vuestra misión es eliminarlos, vuestro instinto es matarlos. Los que conocemos su rostro somos los que tenemos que unir nuestras fuerzas para acabar con él lo antes posible.

—¿Y qué pasaría si Satanás pidiera clemencia? —me atreví a hablar.

Ella sonrió.

—Eso no va a ocurrir, pero si ocurriera, no me quedaría más remedio que escucharle. Pero eso os aseguro que no va a ocurrir. Satanás preferirá morir antes que mendigar su supervivencia.

Hablamos y hablamos de todo lo que necesitábamos saber antes de la batalla. Nos cambiamos de ropa y colocamos nuestras armas en su sitio. Todos íbamos vestidos de blanco.

—Llegó la hora.

Angélica fue la primera en traspasar el árbol de la vida. Natalia y Javi me cogieron de la mano y asentimos.

Había llegado el momento.

# 31
# SATANÁS

Al pasar el tronco del árbol, miles de destellos dorados volaron ante mí. Miré a derecha e izquierda. Estaba solo. Solo en un mar de oscuridad, a pesar de esas luces que se alejaban de mí. Di un paso adelante y, de repente, me precipité a una velocidad increíble hasta impactar de bruces contra la hierba fresca.

Alcé la mirada. Había llegado al valle con el que había soñado. Sí parecía inevitable que nuestro sueño compartido se fuera a cumplir. Cuando me disponía a levantarme, aún con el corazón en la boca, Natalia cayó encima de mí.

—¿Estás bien? —La cogí.

Su rostro estaba a escasos centímetros del mío, pero aun así distinguí cómo se sonrojaba.

—Sí, bien. Gracias por amortiguar mi caída. —Se le escapó una risa nerviosa.

Nos pusimos en pie en el momento en que me di cuenta de que los ángeles guerreros ya se encontraban en sus posiciones.

Escuché como Natalia tragaba saliva. Eran cientos y cientos de ángeles armados y con unas alas enormes que parecían concentrados en el horizonte.

Javi se aproximó a nosotros y con una sola mirada los tres nos entendimos. Mientras Angélica enviaba a la nube a Elisa, William y Jessica, nosotros nos abrazamos con fuerza. Sentí alivio de saber que ellos tres estarían a salvo, pero no pude evitar mirar los rostros de mis amigos y esforzarme en memorizarlos. Disipé todos los pensamientos negativos a tiempo de colocarnos en posición.

—¡Ha llegado el momento! —gritó Angélica—. Ahora es cuando el mundo angélico y el humano están en juego. Todo está en nuestras manos.

—¡Todo está en nuestras manos! —Los ángeles gritaban con fiereza en respuesta a sus palabras.

—Es un gran honor y un verdadero placer luchar junto a vosotros esta noche —siguió ella—. ¡No tengáis piedad!

El sol empezaba a esconderse y el momento de la batalla estaba cada vez más cerca. En el instante que oí varios aullidos, dejé de respirar.

A lo lejos vi dos grandes y peludos hombres lobo correr hacia nosotros iniciando y marcando el camino de los demonios. Tras ellos, entraron en el valle vampiros y hombres lobo corriendo a una velocidad sobrehumana. Los ángeles empezaron a gritar con fuerza alzando sus armas al cielo. Angélica todavía mantenía el puño en alto sin dar la orden de que corriéramos. Pude ver en sus ojos cómo buscaba entre todos los rostros a alguien.

—Satanás —murmuró Angélica empezando a sonreír.

Natalia soltó un gemido. Me di cuenta de por qué.

Entre todos los demonios que corrían, distinguí la melena pelirroja de Patry con Idrick a su lado. Y entre ellos un hombre. Un hombre alto y joven al que ya conocíamos.

Axel. Mi profesor de Naturales. Axel estaba allí.

Como un torrente imparable, recordé que Satanás nos acechaba de cerca. Me quedé paralizado. Axel era Satanás. Todo encajaba tan a la perfección que me sentí estúpido de no haberlo pensado ni aunque fuera un segundo.

El Demonio corría hacia nosotros para matarnos, para acabar con todo lo que conocíamos. «No tengáis piedad», había gritado Angélica.

Cogí mis espadas con rabia. Sentí cómo la adrenalina me llenaba los músculos y centraba mi visión.

No. No iba a tener piedad.

Cuando Angélica bajó el puño dándonos paso, supe que haría lo que hiciera falta por salir de allí con vida y la sangre de Satanás en el filo de mi espada.

# 32
# LA BATALLA

En el momento que ambos grupos se fusionaron en uno solo y perdí a mis amigos entre la multitud, algo en mi interior cambió. Nunca volvería a ser el mismo.

Oí gritos de horror, de victoria y de esos que te permiten sacar la fuerza que llevas dentro. Metal contra metal, sonidos de balas impactando contra cuerpos y hasta el vuelo de las flechas. El suelo se había convertido en barro y pronto la luz nos abandonó como si solo la luna pudiera ser testigo de la masacre.

Cuando ya me había enfrentado a unos cuantos demonios y dado la estocada final a adversarios de aliados que me iba encontrando en el campo de batalla, alguien saltó sobre mí. Caí al suelo impactando mi barbilla contra él. Ni siquiera me detuve a gritar de dolor, me giré y el vampiro ya estaba encima de mí con la boca abierta y los colmillos ensangrentados a menos de un palmo de mi cara. Le sujeté con fuerza del cuello y, aunque estuviera cubierto de sudor, sangre y barro y la luz solo me permitiera ver sombras, a través de toda la suciedad y los ojos rojos, vi quién era. Alen. El vampiro sicario de Patry que había matado a mi profesora.

La imagen de él matándola en mitad de la calle sin tan siquiera pestañear me dio una fuerza que todavía no había visto en mí. Lentamente la fiereza cambió de bando y la piedad abandonó mi pecho. Me pude poner en pie poco a poco y él se quedó arrodillado.

—Eres un asesino —le rugí entre dientes.

—Tiene gracia que me lo digas tú —consiguió balbucear.

Sentí un nudo en el estómago. Se zafó de mis manos, me lanzó de nuevo contra el suelo y me arañó el pecho intentando llegar a mi cuello. Con una patada cayó sobre su espalda, fui a por él, pero se levantó a tiempo, luchamos, incluso nos volvimos a caer al resbalarnos con el barro. Gritamos dejando salir todo lo que llevábamos dentro y sabiendo que solo uno de los dos sobreviviría. Y, aunque en más de una ocasión pensé que era mi final, puse fin a su vida con mi espada.

No. Nunca volvería a ser el mismo después de aquello.

Un hombre lobo se puso en mi camino y con un par de movimientos ágiles y rápidos me despojó de mis espadas. Aunque tan solo las tenía a dos pasos de distancia, supe que nunca me daría tiempo a cogerlas.

La bestia grande, peluda y fuerte era el doble de mi tamaño. Se detuvo un momento para burlarse de mí. Intenté conservar la calma y pensé que lo mejor sería atacar primero, pero cuando fui a por él me cogió de los brazos y me hizo volar hasta el suelo. Escuché de nuevo su risa burlona.

Me puse en pie y me propinó tal puñetazo en la cara que tuve la necesidad de cogerme la cabeza para cerciorarme de que seguía pegada al cuello. La sangre me invadió toda la boca. Escupí y fui de nuevo a por él. Y esta vez sí luchó.

La diferencia de tamaño supuso una mayor ventaja de lo que me había imaginado. No me costaba esquivar sus golpes más altos ni propinarle patadas contra el abdomen. Aun así la desventaja también era palpable. De nuevo me agarró de los brazos y me hizo volar contra el suelo. Y no pude levantarme con la misma agilidad que antes.

Con el sabor de la sangre y el barro en la lengua, rodé sobre mí mismo para verle el rostro. Me sonreía con todos sus colmillos y una mirada afilada que decía: «Vas a morir». Pero no dio ni un paso más hacia mí. De pronto, todo su cuerpo empezó a temblar y hasta convulsionar.

¿Jessica? Tenía que ser ella. Casi podía escuchar su voz en mi mente diciéndome: «La espada, estúpido». Gateé hasta una de ellas y sin pensarlo dos veces se la clavé en el abdomen. Los dos caímos al mismo tiempo al suelo. Él, muerto y yo, casi.

Empecé a ver borroso. Vomité. Mi cabeza impactó contra el suelo. Solo escuchaba gritos y más gritos. Sentía el suelo temblar a mi alrededor por las pisadas y en el rostro de los demonios que se acercaban fugazmente veía el convencimiento de que estaba muerto. ¿Lo estaba? ¿Después de muerto aún era capaz de ver?

Dejé de parpadear. Sentía el peso de mi propio cuerpo. Solo veía la luna. Roja. Bajo ella todo parecía aún más terrorífico, si cabía.

Noté dos manos alrededor del rostro. Me abrió los ojos y la boca, pero yo no lograba distinguir quién era. Comenzó una maniobra de reanimación. Ponía su oreja en mi boca. Y otra vez a bombear mi corazón con sus manos. No sé cuántas veces repitió el proceso hasta que empecé a toser. Me ayudó a ponerme de lado para no atragantarme.

—No te puedes morir. Aún no.

Me giré para mirarla.

—¿Agnes?

—No permitiré que te mueras antes de que me des lo que me prometiste.

Nunca me había alegrado tanto de ver a Agnes y más aún si sumaba que estaba completamente cubierta de sangre y que la luz de la luna solo favorecía sus facciones más espeluznantes.

Me ayudó a ponerme en pie y miré a mi alrededor. La mitad de los combatientes ya eran cadáveres, pero la lucha seguía su curso.

—Voy a sacarte de aquí —me dijo.

—¿Y Natalia y Javi? —La obligué a mirarme a los ojos.

—No los he visto.

Un hombre lobo vino hacia nosotros y Agnes, con su poder y sin derramar ni una sola gota de sudor, lo mató en el acto. Me quedé perplejo.

—No voy a irme sin ellos —le dije con contundencia.

—Ángel, esto se acaba. Seguramente los dos ya sean pasto para los cuervos. Asúmelo.

Me agaché para coger mis espadas y eché a andar y luego a correr gritando sus nombres. Tuve que defenderme de demonios que me atacaban y volví a comer barro, pero encontré en todas las ocasiones la manera de seguir de una pieza y continuar buscando a mis amigos.

Quizá mi fe o mi esperanza en acabar con aquello cuanto antes me hizo creer que había más demonios que ángeles en el suelo. Me daba la sensación de que íbamos ganando.

Pero de poco me importaba si no encontraba a Natalia y a Javi con vida.

Un vampiro se abalanzó sobre mí, caí al suelo con él encima, pero conseguí zafarme de sus colmillos con una patada que le hizo caer de espaldas. Cuando nos levantamos y corrió de vuelta hacia mí, se quedó parado de pronto y hasta me dio la sensación de que palideció.

—Vete —escuché que alguien le decía detrás de mí.

Me giré lentamente.

—Satanás —murmuré con los dientes muy apretados y los ojos inyectados en sangre.

—Uno de mis alumnos estrella por aquí —me sonrió ampliamente.

Satanás no parecía ni la mitad de cansado ni sucio que el resto. De hecho, daba la impresión de que acababa de incorporarse a la batalla.

Alcé mi espada contra él y la paró con la mano. Aunque su sangre empezó a manchar todo el filo de la espada, me mantuvo la mirada y el dolor ni se intuyó en su expresión.

—Podéis masacrar a mi ejército, pero te aseguro que mis demonios volverán y recuperarán aquello que se les fue arrebatado.

—No si tú mueres hoy.

Su mano férrea poco a poco iba ganándome terreno, por mucho que usara toda mi fuerza.

—Esto va mucho más allá de mi vida, chico.

Con un movimiento rápido se deshizo de mi espada y me clavó una daga en el muslo. Me doblé sobre mí mismo del dolor de sentir cómo el filo me había atravesado por completo.

—Una pena que Angélica os haya obligado a venir con lo jóvenes que sois. Me habríais sido muy útiles —habló con superioridad sin dejar de observar el dolor en mi rostro.

—Contigo, jamás —balbuceé.

Satanás retiró la daga y sentí todavía más dolor. Caí de rodillas debido a la gran debilidad que sentía en las piernas.

—Ya. Una pena, repito. Aunque más pena me ha dado ver a tu amiga en el suelo. ¿Natalia, no?

Como un resorte conseguí ponerme en pie, pero él fue más rápido en propinarme tal patada que me hizo volar a varios metros de distancia. Aterricé a los pies de Agnes, la cual acababa de matar a un hombre lobo enorme. Me miró muy seria.

—Ayúdame contra Satanás —le rogué.

Me levantó.

—¿Por qué no te metes con alguien igual de fuerte que tú, eh, Demonio? —le gritó Agnes.

Sin pararse ni un solo segundo, empezó a lanzarle bolas de fuego. La mayoría impactaron contra los esbirros que se interponían en su camino con la intención de proteger a su líder y matar a Agnes.

Escuché un trueno, seguido de un relámpago, y dio paso a una lluvia densa que con aquella luz parecía sangre.

Cogí una espada que había en el suelo y fui yo mismo a por Satanás mientras Agnes se ocupaba de los demonios que llegaban.

Cuando me vio aproximarme hacia él entre el manto de lluvia, cogió una espada que estaba clavada en el cuello de un ángel muerto. Esa fue su manera de aceptar mi duelo.

Su espada contra la mía, nuestros pies deslizándose por el barro. Muchos vampiros y hombre lobo trataron de llegar a mí, pero Agnes conseguía zafarse de ellos a tiempo. Mi desventaja era clara, pero Satanás presumió de ella cuando con toda su fuerza partió mi espada, una y otra y otra vez hasta quedarme solo con la empuñadura. La tiré al suelo. Me negaba a aceptar la derrota, aunque mis huesos se helaron en ese momento como si la muerte me acariciara el hombro.

—Como decía: una pena.

Alzó su espada y se quedó ahí parado. En su rostro se dibujó la confusión. Se giró lentamente y vi una flecha clavada en su espalda. Otra impactó contra su pecho. Seguí la trayectoria.

Javi.

Era él.

Le lanzó otra más.

—¡Venga, Ángel! —me rugió.

Busqué otra espada entre el barro. Agnes me pasó una con una fuerte patada. La cogí, me levanté y fui a por él, pero aún tenía fuerzas para seguir luchando por su vida. Incluso más que yo.

Agnes siguió quitándome de encima a todos los demonios que venían en su defensa y Javi lanzándole flechas, pero nada era suficiente. Seguía y seguía luchando contra mí con su espada. Hasta que…

—¡Padre! —gritó Patry, que estaba muy alejada de nosotros.

Sus ojos pasaron de la rabia absoluta a la preocupación. Su mirada ya no se centraba en mí, sino que buscaba a su hija sin dejar de luchar, pero sin la misma fuerza.

—¡Ahora! —escuché que me gritaba Agnes.

Cogí carrerilla y le asesté la espada en el corazón.

—¡¡No!! —se desgarró Patry.

Satanás seguía en pie, con su espada en la mano y la mía en el corazón. La miró y me miró de vuelta a mí.

—Necesitarás más que una simple espada para matarme, Ángel.

Todo pareció detenerse durante un segundo. Todo menos Patry, que corría hacia mí. Idrick consiguió agarrarla. Patry se revolvió en sus brazos y Satanás alzó el brazo antes de decirle a Idrick:

—Llévatela de aquí.

—¡No! ¡No! ¡No! ¡Papá!

Yo solo podía mirar a Satanás. Él me miró de vuelta con sangre en los labios. Sangre negra.

—Todavía tengo fuerzas para matarte a ti y a los tuyos —farfulló.

No debí de ser el único en escucharlo, porque William, aprovechando su posición y la lluvia, le envió un rayo directo a la espada que todavía tenía clavada en el corazón.

Satanás cayó de rodillas con los brazos en cruz y los ojos desorbitados. El rayo lo fulminó. Satanás había muerto. Estaba muerto. Muerto.

Caí de rodillas al suelo sin poder soportar el peso de mi propio cuerpo.

Satanás ya no vivía, pero no encontraba la paz en mi interior.

Los demonios, despojados de sus líderes, huyeron y los ángeles que quedaban en pie gritaron victoriosos.

La lluvia no amainó, el dolor no desapareció y el miedo a lo que Satanás me había prometido, que los demonios no se rendirían aunque perdieran la batalla, anidó en mi pecho.

Me desmayé antes de poder levantarme para buscar a Natalia.

# 33
# DE VUELTA

William hizo desaparecer los cadáveres de todos los caídos en la batalla y fue así cómo encontraron a Natalia, que estaba gravemente herida porque el cuerpo del hombre lobo al que ella misma acababa de matar le cayó encima. Angélica, con su magia de Diosa Blanca, logró curar sus heridas y también las mías justo cuando empezaba a amanecer.

Cuando nos recuperamos, Agnes se acercó a nosotros para exigir el pago por sus servicios.

—No podemos darte lo que nos pides —le dijo Javi guardando sus flechas.

—Lo prometisteis. —Le empujó con fuerza.

—Te sacamos de un manicomio. ¿Por qué no disfrutas de tu libertad y te olvidas del resto? —Se puso en pie Natalia.

—¿Olvidarme dices?

Preparó una bola de fuego entre sus manos con rabia para lanzársela a Natalia, pero Angélica levantó la mano y la bola se desvaneció.

—Agnes, vete.

—¿Yo? Ellos son…

—Fuera de mi vista, Agnes —le exigió con autoridad.

Ella asumió que en ese momento no tenía nada que hacer, pero antes de irse nos miró a los tres y masculló:

—Volveré y os mataré. Y yo sí pienso cumplir mi promesa.

Conforme se alejaba, en el rostro de mi abuela se dibujó un pánico que nunca antes había visto mientras me sujetaba la mano con firmeza, pero Angélica le restó importancia.

Todos los ángeles supervivientes estaban volviendo a su plano, pero ella se detuvo un momento para darnos las gracias:

—Habéis demostrado una valía y un honor que nunca olvidaré.

Volvimos a casa a través del árbol de la vida con una mezcla de emociones. Estábamos vivos, pero el horror del que habíamos sido testigos aquella noche tardaría en ser olvidado. Todo eso se vio acentuado cuando William nos leyó en voz alta la nota amenazadora que Patry nos había dejado escrita con sangre. Ni siquiera tenía fuerzas para pensar que la hija del demonio al que acabábamos de matar sabía dónde vivíamos.

Cogí la nota y un mechero y vi arder cada una de sus letras con Natalia apoyada en mi hombro.

Esto no había hecho más que empezar.

# EPÍLOGO

La rabia de haber perdido la batalla y sobre todo haber perdido a mi padre me consumía a cada segundo. Esos medio-ángeles lo pagarían muy caro, vengaría a mi padre. Después de morir, todos mis súbditos me nombraron reina del submundo. Sentada en el trono de mi padre con el salón completamente vacío entró Idrick.

—¿Me habías llamado? —preguntó.

—Sí. —Tragué saliva para conseguir hablar entre toda mi furia—. Vengaremos a Satanás.

Una sonrisa maléfica se dibujó en su rostro.

—Lucharemos contra los ángeles y esta vez ganaremos y gobernaremos todos los planos.

Me puse en pie y fui hacia él.

—Lo haremos tal y como quería tu padre.

—No, no como él quería. —Me paré frente a él—. Formaremos el doble de ejército y no descansaré hasta ver sus cuerpos arder. La guerra acaba de empezar.

# NOTA DE LA AUTORA

Quién me iba a decir a mí que ocho años después de poner punto y final a la saga que me cambió la vida volvería a vivirla. Y no como lectora, sino como autora de nuevo. Vaya, me está costando mucho más de lo que creía escribir esta nota y ordenar mis pensamientos para plasmar todo lo que quiero dejar escrito.

Cuando empecé *La Noche Roja* era una niña con ganas de explorar la creación de historias, pero, ante todo, una lectora voraz que se había enganchado a la propia novela que estaba escribiendo. Como muchos sabréis, esta historia llegó a mí por una redacción que hice para clase de Castellano en el primer trimestre de primero de la ESO, allá por 2012. La curiosidad fue lo que me empujó a que esa redacción fuera el primer capítulo de mi primera novela. No fui consciente de que estaba escribiendo un libro hasta el capítulo en el que apareció Agnes por primera vez. Ahí fui capaz de responder a la pregunta que mi padre me había hecho días antes. Una pregunta muy sencilla que no supe responder hasta ese momento, un «¿Qué haces?», «Escribir una novela», le respondí entonces con total seguridad.

Fue la curiosidad lo que me empujó a escribir. Pero no solo la mía. También la de mi madre. Mi madre es mi primera lectora, mi crítica más constructiva y la que me convirtió en lo que soy hoy en día. Tanto como persona y como autora. Ella es mi mentora, mi refugio y el mayor de mis pilares. De hecho, decir que es un «pilar» se queda corto. Ella es mi hogar entero. Ella ha sido y sigue siendo todo para mí. La que me secó las lágrimas cuando terminé de escribir *La Noche Roja* y me dijo: «¿Y por qué no empiezas ya con la segunda parte si ya les echas de menos?». Mi madre es la encargada de que siempre haya tenido una gran seguridad a la hora de defender mis obras porque si ella estaba a mi lado y me apoyaba es que estaba en el camino correcto.

Mi padre ha sido, sin lugar a dudas, el que se encargó de bajar a la realidad mi sueño. Si mi madre creó mis alas, mi padre fue el encargado de abrirlas y entre los dos me enseñaron a volar. Mi padre es la persona más luchadora que he conocido jamás y ver cómo creía en mí, en mis sueños, en mis libros y en cada paso que decidía dar fue lo que me dio la tranquilidad de exponerme al mundo. Porque empecé a escribir con doce años y a publicar con catorce. He pasado mi adolescencia y ese proceso de dejar de ser una niña entre librerías, imprentas y editoriales. Entre presentaciones, charlas y congresos literarios. Si mi padre decía que yo podía es porque yo podía. Y no se equivocó.

Mi hermana, sin ella saberlo, fue la que me allanó el terreno para que mi realidad lo fuera. Con tan solo ocho años ella se volcó en hacerme feliz, en apoyarme, sonreírme y acompañarme. Algo tan complicado para una niña tan pequeña como acompañar a su hermana mayor en el giro de vida en el que acababa de meterse. Uno puede morirse sin encontrar una persona tan pura, noble y buena como Norma y yo tengo la inmensa suerte de tenerla como hermana.

Las librerías, los colegios y los institutos se volcaron casi de inmediato en darme un lugar privilegiado en todos sus espacios. Como digo, crecí entre publicaciones por lo que, para mí, ellos pasaron a ser parte de mi familia porque firma tras firma y charla tras charla convertían su terreno en mi hogar. Gracias por darme ese espacio, por apoyarme libro tras libro, por pensar en mí cuando se menciona «literatura juvenil fantástica». Habéis hecho que esta pasión, que puede llegar a ser tan dura, solo crezca en mi interior. No la de escribir libros, sino la de compartirlos.

Los lectores y lectoras de *Las crónicas del ángel*… es algo brutal, algo difícil a lo que ponerle nombre, una sensación que me invade por completo y que me produce lágrimas en los ojos. Jamás os podré dar las gracias con la suficiente fuerza. De hecho, en esta reescritura he pensado más en vosotros que en nadie. Esta historia es mi adolescencia, pero también la vuestra. He hecho el esfuerzo por equilibrar a la Marisol de doce años que escribió una historia sin ninguna pretensión y a la que abrazasteis sin reservas y a la Marisol de veinticuatro que ya tiene unas cuantas publicaciones a sus espaldas y más idea de cómo se hace una historia. A lo largo de los cuatro tomos he intentado dejaros pequeños regalos, imágenes que no se vieron en la primera escritura, pero que siempre estuvieron en mi cabeza, solo que nunca las plasmé. Esta historia hace mucho que no es solo mía. Es de todos vosotros. De todos los que venís año tras año para decirme que crecisteis con mis personajes y conmigo, que es una saga de referencia en vuestra vida, que son los libros que leéis todos los veranos porque es vuestro espacio seguro. Me lo habéis dado todo. Y no es una exageración.

José Luis y Marisa fueron los primeros en creer en mí cuando nadie me conocía, cuando nadie sabía que escribía. Si ellos no hubieran apostado por mí, estoy segura de que *Las crónicas del ángel* estarían en un cajón y probablemente aún no me habría animado a publicar ninguna de mis historias. Me respaldasteis y me disteis el mayor de los regalos que nunca jamás me han dado: cumplisteis mi sueño. Si puedo decir que los sueños se cumplen es gracias a vosotros y a vuestra editorial. Nuestros caminos siempre estarán unidos.

Apostar por una saga con tantísimo recorrido como *Las crónicas del ángel* no es fácil, así que mil gracias a Munyx por darme la oportunidad de que este grupo de medio-ángeles siga volando alto. Estoy feliz de continuar esta aventura angélica de vuestra mano.